《读者》图书部 编

遇见世上最好的爱

陕西新华出版传媒集团
未来出版社

目 录

1

遇见世上最好的爱·目录

3

礼 物

丁一珊

　　他推着那辆崭新的"安琪儿"慢慢走着，想着女儿看到这辆自行车时将有的雀跃欢呼，他不由自主地笑了，他知道一辆自行车对女儿的意义。

　　女儿很不幸，他总是这么认为，在她最需要母爱的时候，却失去了母亲。当时，他就暗暗发誓，他会将此生所有的爱都交给自己的女儿，女儿就是他的唯一，是他所有的财富，他一定会让女儿享受到别人能享受的全部的爱。

　　但是他只是一家小工厂的工人，每月那点可怜的收入，除去父女俩的生活费用所剩无几。别的孩子一年四季总有新衣服穿，女儿一年到头却总穿着那件洗得发白了的校服；别的孩子有着让人眼花缭乱的各式玩具，而女儿仅有的娱乐就是帮那个几年前花一块五毛钱买的洋娃娃梳梳头；别的孩子都是每天坐在饭桌前等着开饭，女儿却差不多负担了所有的家务……这一切，让他产生了深深的内疚感，女儿弱小的双肩本不该承受这一切啊！

　　"没妈的孩子真可怜。"一听到邻里这样的议论，他的心就像被针扎着一样疼。

　　"爸爸对不起你。"他曾对女儿这样说。

　　"不，爸爸，别人有的我都不稀罕，我有的别人却永远无法得到，我得到了天下最好的爸爸的爱。"女儿是这样回答他的。那一夜，他落泪了。是的，他太对不起女儿了，他曾发过誓要让她成为最幸福的人，可事实上，他连孩子应该享受的最起码的生活都不能保障！

　　"总有一天我会证明，有新衣服穿并没什么了不起！"女儿说到了，也做到了。每一次的考试，每一次的学科竞赛，她总是第一。他为有这样的女儿而骄傲。

他不知道别的家长是怎样来表达自己的自豪感，是怎样来庆祝的，他能做的，就是让她吃上一顿她爱吃的菜。

女儿快十五岁了，一天，他说："等你再拿一个第一，爸爸买辆自行车给你。"

女儿的眼睛亮了一下，随即又黯淡了下来："不，爸爸，我真的不需要。"

虽然女儿这样说，但他明白，一辆自行车对她的意义。

上小学时，别的孩子有车接送，他却只能每天牵着女儿的小手陪她走到学校。现在女儿上了中学，不用他送了，可他知道，学校离家更远了，别的孩子都骑自行车，可她……

每当刮风下雨，女儿回来总是一身泥水，一脸疲惫，他见了不知道多心疼。也曾有个好心的同学用自行车带她回家，在路上却遇见了交警，同学被罚了十元钱，女儿从此便不再让同学载，她的心里有一种深深的愧疚。女儿这个年龄的孩子，总爱把所有的责任往自己身上揽，况且，女儿是个自尊心很强的人。他也曾每天给女儿五毛钱，让她乘公共汽车，女儿收下后，却在他生日那天送了他一双不很名贵却足以让他珍惜一辈子的皮鞋。女儿也知道，他太需要一双皮鞋了。女儿真的很乖，他为有这样的女儿而骄傲。

这次考试后，他发现女儿沉默了许多，考试成绩也迟迟没有告诉他，他隐隐猜出几分，却什么也没问。

他决定无论如何，一定会在她生日那天实现自己的承诺。

今天，就是女儿十五岁的生日。一大早，女儿出乎意料地主动给他看了成绩，那是一个比以往任何一次考试都低许多的分数。

"没关系的，要相信自己。"他擦干女儿眼角的泪，对她说。

尽管女儿没得到第一，他仍旧去了商店，挑来挑去，那些时下流行的山地车价钱太贵了，他实在无法承担。最终，他选了一辆"安琪儿"，红色的——红色代表希望，女儿一定喜欢。

回到家，女儿已经将饭做好了。"来，看看爸爸给你买的生日礼物。"他拉着女儿的手说。

女儿诧异地跟着他出了家门，蓦地，她惊呆了。

一滴，又一滴……他这才发现，女儿的泪正一滴一滴往下落。

"喜欢吗？"他问女儿。

半晌，女儿才抬起头说："爸爸，对不起。"

"傻孩子。都十五岁了，还尽说傻话。"他摸了摸女儿柔软的头发，又轻轻擦去她脸上的泪水。

"你长大了。"他长长舒了一口气，这才发现，女儿眼里竟又蓄满了泪水。

"怎么了，你哪儿不舒服吗？"他焦急地问。

女儿慢慢抬起头，轻轻地说："其实，爸爸，这次我仍是第一。"

守着妈一生

大　娃

多少年来，因为工作的调动、职务的改变，我总是在换办公室，可不管换到哪里，我总是把妈的照片摆到桌上。有妈在，心里踏实，知道哪些事该做，哪些事不该做。

妈出生在豫南方城县平高台村，村里的余家药房是妈家里开的。妈的爷爷是清朝的秀才，方圆百里都有好名声。妈的父亲是国民党军官，后来随军南下抗日就没有了消息。爸家离妈家有十里的路程，家境殷实。妈的爷爷与爸的爷爷认识，两家一搭话，妈就在14岁时嫁给了爸，放到现在，那正是读书和在父母面前撒娇的年龄，而妈却开始了孝敬公婆、操持家务的辛劳生活。

妈和爸成亲的第二年，爸就去了许昌烟行学做账。爸离开家，妈却走不了，家里还有一大家子人得伺候，妈从来没有提过跟着爸到城里去。很快，妈就以她的勤劳、善良和孝顺赢得了全家与全村的夸赞。

新中国成立后，爸家因财产与土地购置问题被划成地主。家里的人出来进去都遭人白眼，爸就不再常回家。妈长期留在家里照顾着老老少少，承受着一切想不到的变化，直到1953年，妈才被爸接到了许昌。

妈跟爸进城的时候，十岁的三叔也吵着要到城里念书，爸接来了妈，怎好把弟弟也接过来，爸就不同意。可妈说："去吧，城里怎么都比乡里好，我能累着什么，还不是锅里多添一瓢水？"三叔就笑了，爷爷也笑了。自从被划成地主，爷爷很少有这样的笑，他心里感慨有这样一个好儿媳，能为这个家分忧解难。从此，20多岁的妈照顾着三叔上学放学、吃饭睡觉的一应事情，6年间，妈把三叔从小学照顾到上初中。这期间，虽说妈招工进了许昌市服装厂，但妈和爸的工资加在一起也不算高，可这之后的 5 年，他们还供四叔念完了中专，资助妈娘家一个家境窘迫的远房舅舅读完了大学。1957 年、1961 年我和二弟相继出生，几年后，大妹和小妹的出生在给我家带来欢乐的同时，也为妈增添了更多的劳碌。

我出生不久，爸的远房堂妹带着孩子找上门来，她听说妈在服装厂上班，想跟着学缝纫。妈说："中啊，先住下，我去跟厂里说说。"这一吃住就是一年多，姑学成后回家自己开了个服装店。村里的老人说："都说姑嫂不和，你们还不是亲姑嫂，真不拿你当外人哪。"姑就笑，总是说着妈的好。妈回乡下的时候去看了五外婆，五外婆的儿子早年随国民党军队到了台湾，她就成了一个孤寡老人，没人照顾，吃了不少苦，最后是妈给五外婆养老送终的。

家里人一多，生活就窘迫，每个月只能改善一次生活。每到发工资时，妈就给我一块钱，让我去买水煎包，给大家解解馋。我是老大，总帮妈算着每个月买粮多少钱，买煤多少钱，还剩多少钱，看够不够花。那个时候老家农村总是来人，遇到谁说娶媳妇没钱了，上学困难了，妈就掏钱。妈说："没事，拿去先花着。"这样，我家后面的日子就更窘迫了。

屋子虽小，有妈就显得大，显得充实和温暖。家里总是有备用的床板，晚上加在床的里面，以便睡更多的人。木格棱窗下放着缝纫机，一盏昏黄的煤油灯总放在窗台上，我离开家参加工作的前一年，那盏煤油灯才换成一只 15 瓦的灯泡，吊在缝纫机的上边，妈的眼前亮多了。妈在布案上忙活那些布块，我和二弟就在缝纫机的边上做作业，妈用缝纫机了，我们再趴到布案上去，做完作业就支着脑袋看着妈忙活，最后妈把布案上的衣料用布一裹，就裹出一个平展的床铺，我们爬上去，一躺下就睡着了。缝纫机的轧轧声伴我入梦，那时不知道妈的累。妈不仅忙我们的，还有街坊邻居的。人家平时也不好麻烦妈，妈知道这些，人家既然求上门来，就是遇了事，怎好不给人家面子，就笑着应承下来。

爸那时因出身问题被下放到离许昌十多里的乡下，整天不着家。爸那时总觉得低人一等，妈却不在乎这些，她在工厂好好工作，把家操持得有条有理。这给了爸不少安慰，爸总说那些年多亏了有妈这样一个理解他、关心他的人。

妈在厂里踏实肯干，常常受到赞扬。领导想培养妈入党，还要提拔妈当车间主任。但是一外调，知道了爸的情况，领导就跟妈谈话，要妈和爸划清界限。妈说：

"要是我跟组织还有差距，我就再努力。我们孩子他爸的事我心里都知道，孩子不能没有爸，我也不能没有这个丈夫！"那个时候，妈担心爸承受不住打击，经常把洗干净的衣服和做好的吃的带上，走很远的路去看爸，天蒙蒙亮的时候赶去，上班前再赶回厂子里。正是由于妈对爸的关心体贴，爸的精神才没有垮，挺过了那段难熬的日子。

那时候，我同别人打了架都不敢回家说，说了一定要挨妈的训斥，不管谁对谁错，妈从不惯着自己的孩子。一天，跟我打架的孩子的家长找上门来，正巧爸心烦意乱地回到了家。看到这种情况，没等我做出解释，爸的皮带就落在了我的身上。妈拦着的时候，我含着委屈的眼泪趁机跑了出去，身后传来了妈"大娃、大娃"的呼喊声。我跑到了许昌火车站，候车室里烟雾腾腾，挤满了人。我不知道那些人为什么远行，我不想走，不想离开妈，我开始后悔跑出来。后来我得知，妈拿着一根竹竿，在寒冷的大街上到处找我，那根竹竿捅遍了街两旁的犄角旮旯，妈怕我躲在里面不出来，一边找我一边叫着"大娃"，那种呼唤被风裹挟着一直从街这边传到了街那边。渐渐地，我听到了那揪心的呼喊，它冲着候车室来了，我已经从窗户里看到妈的影子了。我的眼泪夺眶而出，想叫着妈扑到妈的怀里，腿却在妈进门的一刹那从另一个门跑了出去，一直跑到了汽车站。妈的叫声远去了，我泪眼模糊。多少年来，我的记忆里，一直有妈寒风里呼喊"大娃"的影像。

第二天在我终于见到妈的时候，一夜没合眼的妈一下子把我搂在怀里，滚烫的泪水落在我的脸上，我抹了一下脸，抹出了更多的泪水。我不知道妈失去我会怎样，但我知道我不能没有妈。妈没有埋怨，很快端来一碗热饭，饿极了的我捧着那碗饭，连同泪水一起吃到肚里。妈说："大娃，别记恨你爸，他是心里憋闷，有气出不来。"事后，我有好几个月没有见到爸，妈让我去看看爸，我仍然和爸怄气不想去。四叔来的时候，妈对四叔说："你领着大娃去看看他爸吧，我老不放心。"四叔便领着我去了。爸当时刚因"一打三反"被封闭在乡下，一见到爸，我对他的怨气全消了。爸瘦了，眼睛显得特别无神，见到我才闪了一点亮光。我拿出妈给爸带的东西，他的精神才好起来。我知道，亲情在爸身上起了作用，我知道妈为什么要让我来看爸了。

我到了外地工作后，离妈远了。妈想她的大娃，就常坐了长途车来看我。我那时才十几岁，在妈的心里还是个孩子。我那时不知道妈一路的辛苦，也不大愿意让妈跑到厂里来。妈不知道我爱面子，只知道想大娃，只要能看看大娃就心满意足了。

妈一生没有去过大地方，只到过开封，还是服装厂组织学习时去的。妈说："都说北京可好了，啥时候也去看看。"妈走的那年夏天，我来到北京，在天安门前，我拿出妈的照片，心里默默地说："妈，大娃和你一起来到了北京，看到了天安门。"我的泪水滴在妈的照片上⋯⋯

和你在一起

素　猫

一

感谢今年夏天的那场暴雨还原了真相。

7 月 26 日，我从出差地北京回广州。因为没买到直航的机票，又要赶着回去上班，我选择了在长沙中转。

傍晚时分，飞机降落在长沙。从长沙飞往广州的飞机，让我等了足足 3 个小时，依然没有起飞。外面暴雨如注，我决定干脆先不走了，回家看看老妈去。

到家时，担心老妈已经睡了，我直接掏了钥匙开门——2005 年去广州工作之前，老妈特地嘱咐我要带上家里的钥匙。她说，人在外面漂着，有把家里的钥匙，心里就踏实。

一个人在外面又苦又难觉得混不下去的时候，我就想想老妈的这句话，像她说的，怕什么，大不了就回家。

钥匙塞进锁孔，轻轻旋转，我推开了门。可是，我的一只手却停在了脱鞋的动作上。房间里没开灯，电视早已没了节目，只余下没有声息的雪花点在屏幕上闪动，灰白夹杂，正映着对面沙发中沉沉睡去的老妈——她蜷缩在沙发上，脚上的拖鞋掉落了一只，还有一只半挂在脚上。曾经年轻的她总是要揽着我的肩膀，带点嘲笑地指指我的头顶，说还够不到她的下巴呢。她怎么一下子就变得这么瘦小单薄了呢？

屋里潮湿又黏腻，大概是出了汗，她的衣服紧紧地贴在身上。一切都静悄悄的，只有墙壁上那只老旧的石英钟在走，滴答、滴答、滴答……

我重重地吸了一下发酸的鼻子，她惊了一下，转过身来。看到我意外出现，她半错愕半高兴地对我说，怎么招呼都不打就回来了，接着慌里慌张地趿拉上拖鞋，走过来接我手里的东西。

有些疑问溜到了嘴边，又被我咽了回去：就在我飞广州之前给她打电话时，她还在电话那头兴高采烈地对我说，她今天刚去泡过温泉，晚上准备舒舒服服睡一觉。很明显，她没去泡温泉，是没成行，还是根本就没有这个计划？

我心里的疑问还有很多。

二

给爸爸料理完丧事，我不顾妈妈的劝阻，把她接到广州住过一阵子。那时候，我跟肖勇恋爱一年多，我们租住在天河区一套一室一厅的房子里。

我和肖勇工作都很忙。我怕老妈无聊，特地装了有线电视，还硬塞给她500块钱，让她去跟小区里的那些老太太们一起搓搓麻将。

有天下午，我采访时崴了脚，跟主任告了假回家。还没走到小区的小花园，就听到一帮老太太把麻将搓得哗啦响，间杂着欢声笑语。我想，老妈这下找到组织了。可是当我走近，转头望向那个小花园时，发现老妈正一个人坐在角落里的长椅上，望着几株扶桑花发呆。

我走上前，拍拍妈妈的肩，这时我才发现，她怀里正抱着爸爸的遗像。我想说点什么缓和一下气氛，但是，话却卡在了喉咙里。从那之后，再有需要加班的采访，我尽量跟主任告假。这样的情况多了，我开始明显感觉到主任有意见。而工作量的减少带来的最直接的影响就是，我那个月的收入从七八千元一下子减到了两千多元。

起初，肖勇对放在客厅里的遗像没有什么表示，但是一个半月后的一天，他似乎是鼓足了勇气，又欲盖弥彰地指着放爸爸遗像的博古架位置说："小娟，你说要不要在这里放一盆绿萝啊？"我狠狠地剜了他一眼，同样放大了声音说："不行！"

我不知道是不是这件事最终促使老妈离开了广州。总之，一周之后，老妈回了长沙，临走前，她还给了我2000块钱，我给她的那500块钱就在里面，原封未动。

老妈再也没有跟我们一起住过。不过，自从从广州回去，她倒好像变了一个人似的。电话打过去，不是和朋友在附近爬山，就是正在朋友家聚餐，又说要跟随区里的老年模特队去大连表演。每次听到她在电话那端快活的声音，我的心一下子就晴空万里。她说，她现在想开了，该吃吃，该喝喝，要把以前亏欠的日子给补上。我举双手表示赞同。

可是，在这个因大雨滞留的夜晚，我在床上辗转反侧，老妈的生活真的像她所说的那样吗？

三

第二天一早睁开眼，我最爱的牛肉粉已经买回来放在桌上。

"吃吧！"她给我打包，"时间太紧，没什么可给你带的。"她装了一兜干汤粉，又装了一袋子豆丝，都是我爱吃的土特产，把行李箱塞得满满当当的。

出门的时候，她说："不送你去车站了，今天我忙着呢，约了老朋友们去跳舞。"

我给她打电话："走了。"她嗯了一声："走吧。"

9 点多的时候，老妈从小区里走了出来。隔着几十米的距离和人群，我偷偷地跟在她的后面。是的，我没走，我改变了我的行程安排，我只想弄明白她的一天究竟是如何度过的。

10 点，她去了菜市场，花了大半个小时在菜市场里转来转去，最后买了一小把青菜。出了菜市场，她就径直去了江堤公园。早上的江边，风还有点凉的，老妈就坐在江边的木头凳子上，看着老年舞蹈队的人跳舞，吃随身带着的苹果，偶尔逗逗路过的小狗小猫，或者和推着婴儿车的老大妈搭上三言两语。

两个多小时里，她一直这样打发着时间。

直到这时，我才知道自己究竟有多傻：家里的几门亲戚早随儿女举家迁去了沿海或发达城市，她工作几十年的厂子倒闭后，几个要好的同事来往得越来越少。我怎么就能轻易相信她描述的那些生活呢？

中午 1 点多，人渐渐多了起来。我看着母亲的背影，她到底老了，背有点微微驼起。风吹起来，她那单薄的灰白头发如风中飞蓬。

这时老妈终于起身活动。她径直走到公园角落里的一个女人面前，看得出来，她们很熟络。老妈顺势坐在她面前的小板凳上，就絮絮叨叨地说开了。隔得远远的，我听不见她在说什么。但是她想要说的话显然很多。她几乎没有停歇地说啊说，我远远地看着她的嘴巴一动一动的。我从来没想到老妈的话竟然如此之多，她一贯对我言简意赅，主题明确，从不拖泥带水，她也一直都是这么教育我的。

我瞅了瞅周围，除了老妈，角落里还零星地坐着几个年龄不等、面相和善的女人。她们的面前，也坐着一些人，多半是些老人。

而离我最近的一个女人，她的脚边立着一个小瓦楞纸板，上面写着：陪聊天，一小时十五元。

我愣住了。

四

没有舞蹈队，没有模特队，没有充实得快飞起来的生活，甚至连个坐在对面说说话的人都没有——原来什么都没有。

我疾步走到老妈面前，刚喊了一句"妈……"就泣不成声了。她有些手足无措，我拽住她的手就走。后面的那个女人说："哎，还没给钱哪！"我塞给她一张20元的钞票，拽着老妈朝家里走。我一边走一边哭，她在找话题，一个劲儿地说："你怎么没走呢？""你看看你这孩子！""你说你哭什么啊？"最后，她小心翼翼地说："唉，也不是没朋友，以前也参加活动，但就是觉得，干什么都提不起劲。"

我陪她去菜市场买了菜，挽起袖子下厨房，做了她最爱吃的梅干菜扣肉，又温了一壶老酒。我们面对面喝着。我看着墙上的钟，它还是滴答、滴答地走着。这一刻，我和她就像是站在时间的两头。我正年轻，她却已经老去，一点点地，老得像一个懵懂的小孩。

那天晚上，我陪她坐在沙发上翻旧相册，一张又一张，跟她回忆以前的事情。她睡后，我偷偷打电话订了机票。这一次，我没有征求她的意见，也没有跟肖勇说，但是我打定了主意，我不能再让她一个人待着，因为来日并不方长，我不想在失去她之后再去后悔我没有好好孝顺她。以后的日子里，也许会有困难，也许会有矛盾，但是一起经历和承担，总好过天各一方地隐瞒和思念。

当天晚上我就收拾东西打好了包。第二天，她一万个不愿意随我走，怕我忙，怕肖勇不高兴。她还想说什么，被我打断了，我指指地上的包：

"快，提着，跟我走！"

长沙的雨停了。飞机舷窗外的天蓝得很，老妈靠在椅背上睡着了。

　　我期待着即将在广州开始的新日子，我要和她在一起，一起经历，一起生活，把那些流逝的时间一点点地找回来。

这些都不是理由

朱国勇

2004 年 4 月的一天傍晚，美国总统小布什的电话响了。电话是他的母亲芭芭拉·布什打来的。芭芭拉·布什的腿疾又犯了，正在得克萨斯州的医院里接受治疗。但是芭芭拉·布什的心情好像还不错，她爽朗地说："没事，一点小毛病，过几天就好了。你别担心我，工作才是最重要的，孩子。"

刚挂断母亲的电话，小布什的手机又响了，这回是父亲老布什打来的。老布什的语调显得遥远而深沉："有空的时候，回来看看你母亲吧，她需要你。"

小布什说："会的，等忙完这阵子，我就回来看您和母亲。您知道的，我最近真的抽不开身。议会正在为伊拉克的问题争论不休，非洲的援助基金也出了问题，还有阿富汗也颇为棘手，更重要的是反对党的那些家伙，总是暗暗拆我的台……"

"其实，这些都不是理由。"

老布什的语调幽幽的，说完就挂了电话。

小布什苦笑了一声，又投入了紧张的工作。

过了一会儿，小布什收到了一条短信，是老布什发来的："你 8 岁那年，有一天夜里下着大雨，你发烧了，你母亲当时正在几十公里外的农场里。她赶回来看你，汽车在半路上抛了锚。我让她找个旅馆休息，第二天再回来。可是，你母亲在风雨中步行了 3 个多小时，夜里 11 点终于回到了家。还有，你 10 岁那年，我正在非洲访问，你打来电话说：'爸爸，你答应陪我过生日的。'于是，我中断了访问，回来陪你过生日。因为答应你的，我一定会做到。我说这么多，其实只是想告诉你，在爱与责任面前，所有的忙碌与阻碍，都不能成为理由！"

看着看着，小布什满心愧疚。这几年，自己一直忙于工作，总是没有时间陪伴父母，但是自己却心安理得，并不觉得有丝毫亏欠。可是父母总会在自己最需要的时候，出现在自己的身边，他们从来没有任何借口与托辞。

小布什简单地安排了一下工作，然后就带着夫人与两个女儿，坐上了专机，飞往得克萨斯。晚上9点40分，小布什满脸微笑，出现在了母亲芭芭拉·布什的病床前。芭芭拉·布什看着小布什与劳拉，双手搂着两个乖巧的孙女，灿烂地笑了。笑着笑着，芭芭拉·布什两眼就湿润了。

老布什沉静地站在窗外，一边抽着雪茄，一边朝小布什竖起了大拇指。

第二天下午，小布什一家辞别父母回到了华盛顿。因为是私人活动，小布什将为此承担10.8万美元的专机使用费，相当于他半年的工资，但小布什认为值得！

一个人，无论平凡还是尊贵，在父母面前，他永远都是一个孩子。在父母需要的时候陪伴在他们的身边，这是每一个孩子应尽的基本义务。譬如忙碌，譬如生活与经济的压力，譬如时间的仓促与空间的阻隔，这些我们自认为十分充分的理由，在亲情与责任面前，其实根本不能称之为理由！

与渐冻症争夺父亲

秦珍子

赵文静有日子不爱照镜子了。不是不想，是不敢。因为有一天早上，她洗完脸朝镜子里一看，"灰扑扑的，吓人一跳"。

自从一年半以前，赵文静把患有运动神经元病的父亲接到沈阳，她便一口气儿长大了。在偌大的城市里，她和父亲租住在一间不足20平方米的老屋内。老家还有个刚上高一的弟弟，全靠姐姐打工供养。

老屋的墙皮斑驳剥落，飘散着陈旧潮湿的霉味儿。赵文静麻利地淘米，给锅里加入双倍的水，因为父亲只能吃软糯的半流食，她很久没尝过筋道的米饭了。

赵树山侧躺在老屋中央的大床上，看着女儿忙进忙出。由于肌肉逐渐萎缩，他整个身体几乎瘫痪。这种病俗称"渐冻症"。患者即使头脑清醒，与常人无异，语言表达也会含糊不清。眼下还没有医治这种病的办法，最后，病人会神志清楚地"目睹"自己所有的器官衰竭，直至死亡。

屋子里，日光灯照着掩不拢的柜门和锈迹斑斑的床头。赵文静把步子踏得"啪啪"响，在忙碌的间隙，她几乎一刻不停地跟父亲说着话。

"你好，是从那边回来的吧？"她握住父亲的手摇晃，因为父亲爱看谍战片，她就逗他说，"国民党怎么个情况啦？"

赵树山无声地笑了，他盯着女儿，努力牵动嘴角，吐出3个字："大、板、牙。"

赵文静一下子乐了，拍着父亲的肩膀："你才是大板牙！我是'随根儿'（遗传）的！"

她的笑声盖过了电视的嘈杂声，也盖过了药锅的咕嘟声。

端午节的晚上，赵文静特意煮了几只粽子和咸蛋。她用小勺把蛋黄压碎，吹上几下，喂给父亲。

咀嚼和吞咽对赵树山来说已经非常困难。在等待父亲好不容易吃完一口的时间里，赵文静赶紧扒拉着自己的饭。听到父亲"嗯"一声，她马上扔下筷子，再给父亲喂上一口。

有时候，父亲声音小，她便要求他："信号接收失败，再发一次！"边说边吧唧着嘴，露出一脸得意的笑。

"只有我才能明白我爸。"赵文静说，"哼一声是吃饱了，眨一下眼是坐累了，撇撇嘴是脸发痒，盯着什么看就是要把它拿过来。"

父女间默契的配合全靠时间与耐心堆积而成。赵文静工作的公司离家不远。每天，她每两小时就要从公司回家一趟，帮父亲翻身或是方便。这一段路步行要花十几分钟的路程，赵文静"没走过，都是跑"，她每天要来回跑8趟。一年多来，喜欢旅游的她去过最远的地方，就是出租屋背后的小商场。

这个生于1988年的姑娘有1.62米的个子，却只有80来斤的体重。她身形消瘦，颧骨突出，肤色微黑。每月，她有2000元收入，除掉房租和寄给弟弟的钱，她和父亲靠剩下的七八百元生活。赵文静穿着义工送给她的旧衣服，脚上是一双20元钱的凉鞋。她浑身上下唯一的装饰品是端午节的"五彩线"，她给父亲的手腕上也拴了一根，表示"祈福"。

她总自嘲地说："能把地摊货穿出大牌的感觉，那才是真正的大牌。"

从去年夏天开始，赵文静步行爬上公司所在的14楼。她拾级而上，在每层楼梯间的垃圾桶中捡拾饮料瓶。有时有人投来异样的目光，她便努力让自己"面无表情"，脑袋里只想着，一天卖一元钱，5天就能给父亲添个青椒炒茄子。

在父亲生病之前，赵文静也和许多同龄人一样，认为"父母赚钱给我花"是理所当然的事。然而，在父亲到达沈阳后不久，母亲又因突发心脏病离世。

原本希望为母亲分忧的女儿"把所有遗憾都转化为对父亲加倍的好"。赵文静念大专时学的是护理，因为实习时"太苦了"，她决定不再干这一行。毕业好几年，这些"丢掉的本事"在照顾父亲时又被她找了回来。

铺好脚垫，赵文静把父亲的双腿抱到床边，然后跪在床上，用双手架住父亲的腋窝。"来了哦——"她猛一使劲儿，把父亲扶起来坐好，再搬来一个旧板凳放在他身后，用细绳将一块木板固定在脊背与板凳之间，他便能靠得稳当了。这项装置是父女俩的创造。

站着方便时，赵树山需要架着双拐。为了防止拐杖滑脱，赵文静把筷子绑在拐杖顶端，夹住父亲的双臂。她还发明了"筷子换台法"，她不在时，父亲能通过咬住筷子，摁压电视机遥控器。

一年多来，她不仅学会了修电器、换保险丝，还学会了给父亲针灸、剪头发。每月一次，她用胶带把报纸粘在父亲身上，一把普通剪刀，一把断柄塑料梳——在她手底下，标准的"圆寸"发型很快诞生。"来，对着镜头笑一个！"她双手托起父亲的下巴，贴近父亲的头皮嗅着，"这个洗发水真好闻，不过快用完了。"

赵树山又笑了，咧开嘴，露出牙齿，可他旋即低落起来，断断续续地说："说不定哪天我就死了，我不怕死，我只想看着你早点成家。"

这句话把赵文静惹火了，"别胡说八道啊，想死可没那么容易！"她红了眼眶，大声责备父亲，拍打他的脊背。

赵树山耷拉着头，拉动嘴角又说："没有自由了，让我绑住了。"

赵文静从不认为自己为父亲做出了牺牲，尽管交往多年的男朋友迫于压力与她分手了。她曾经非常渴望拥有自己的小家庭，而如今，"连吃顿饭看场电影的时间也没有"，她不可能开始新恋情。说到"爱情"，她破涕为笑，连忙捂住父亲的耳朵说："我不乖，我早恋。"

偶尔，赵文静也把朋友请到家里吃饭。席间笑闹，她说不过别人，就摇晃着床上的赵树山撒娇："爸！快起来削他！"

去年冬天，赵文静借来朋友的数码摄像机，拍摄她和父亲的"小生活"，理由是"一家4口连张像样的全家福都没有，我不想再有遗憾"。最近，这部名为《我爸爸是"渐冻人"》的短片在网上被点击几百万次。许多网友被感动了。几天内，她收到了很多赞美的留言，也收到一笔6万多元的捐款。

可直到现在，赵文静也不理解为什么人们认为她所做的事是"值得敬佩的"。在她看来，赡养父母再平常不过了，她只是做了最自然不过的事儿。

下大雨，赵树山会费劲地对女儿吐出3个字："穿雨鞋。"出趟门，他又咧着有点儿僵硬的嘴叮嘱："带钥匙。"赵文静觉得，拥有父亲的惦念，付出再多也值得。

　　为了及时接收到父亲的"信号"，赵文静干脆和父亲睡在一张大床上。每晚，她都会醒来数次，为父亲翻身、挠痒，最多只能睡四五个小时。说着，她伸出10根纤细的手指，来回展示父亲的专用"痒痒挠"——几枚专门留起来的长指甲。

　　她给父亲擦洗，一边忙活，一边逗乐。"不洗就成臭爸了，两毛钱一斤就卖了，土豆还卖一块呢。有人要爸吗？"

　　她从未想过把父亲送去养老院或是请保姆来照顾，因为"绝不能让他觉得自己被抛弃了"。

　　在同事、朋友眼里，赵文静是全公司最努力的员工，是几乎从不抱怨生活的"小强"。这个"骨子里要强"的姑娘总把一句话挂在嘴边："我的经历要么是一部苦情剧，要么是一部励志剧，我宁愿是后者。"

　　然而，她也有崩溃的时候。

　　失恋的那段时间，她憋不住了就躲回公司，无人时在办公室里放声大哭。她怕过马路，怕冬天呜呜的风声，但想到父亲，她知道自己必须大声和一切恐惧说再见。

　　以前，赵树山总会羡慕家里跑来跑去的大白猫，他说："我还不如它。"如今，每月一两次，志愿者们会帮她把父亲抬到户外。"我爸东张西望，连片树叶都要多看两眼，笑得像朵喇叭花儿。"赵文静说，这是她和父亲最开心的时刻。

　　就连她收养的大白猫"赵小毛"也得到过赵文静的郑重承诺："毛毛，我会对你好，直到你老死的那一天。"

　　如今，赵文静最惦记的事儿就是弟弟的学习和思想。她每两周给弟弟的班主任打一次电话，"升任家长，感觉挺好！"而对于父亲，她希望他能接受"胃造瘘"手术，"和老天赌，活一天，赚一天"。

　　在她看来，自己其实没有多惨。"人被逼到角落里时会爆发出无尽的力量，她能跳墙，"她一边说，一边用力拍了一下桌面，"排斥磨难会带来痛苦，接受它才能快乐。更何况，我至少还有亲人。"

　　今年春天的一个夜晚，赵文静发了一场高烧。她给自己煮姜汤，擦白酒，撑不住了就一头倒在床上，想着母亲默默哭泣。

　　直到那一刻，这个身上像"折碎了一样疼"的姑娘还是不愿让父亲担心，她只是昏昏沉沉地呢喃着："爸爸，我想睡一会儿。"

爱母"双簧"

刘宏图

妻子叫他"车夫",周围人也都叫他"车夫"。

他的车是一辆三轮车和一辆轮椅,坐在车上的是他多病缠身的老母亲。

刚开始的时候,母亲还能走动,他就用三轮车拉,后来母亲上不去三轮车了,他就用轮椅推。每天,街坊邻居们都看着他们娘儿俩有说有笑地出门,有说有笑地回来,回来的时候,车上就多了一些新鲜蔬菜。

邻居们不解:"你出门买菜,一个人去就是了,干吗总带着你妈啊?多费劲啊!"

他们家住四楼。有一次,他背母亲下到二楼拐弯处时,腰痛难忍、脚下发软,他拼命向前跨出几大步,还是摔倒了,前额磕出了血,但万幸的是背上的母亲安然无恙。这样摔下楼的经历,前后有过 6 次。

可他还是或拉或推地带着母亲,乐呵呵地去菜市场。有一天,一个老太太把他拉到一旁问:"小伙子,这些年我天天看你推轮椅带妈妈上街,你妈是什么官?每月退休金有 1 万吧?"

他说:"我妈是家属,没有退休金。"老太太脸一沉,说:"不讲实话!父母没钱孩子哪会这样孝敬?你妈的存款是 50 万还是 100 万?"

他苦笑道:"大娘,我妈不仅没有存款,而且每月的医疗费就得好几千。"老太太愣了片刻,流着泪走了。

其实,他带母亲出门买菜,不仅是让母亲透透气,和她聊聊天,还是为了发挥母亲的砍价优势。

　　每次跟商贩讨价还价成功，省个 5 分 1 毛的，母亲都格外高兴，一路上神采飞扬，很是得意，回来跟他说："看看，儿子，妈妈比你强吧，我今天买菜省了不少钱呢！"母亲感受到自我价值得到发挥时的那种成就感，他一辈子都忘不了。

　　于是，他再辛苦也要带着母亲一块儿去买菜。

　　有时候，遇到一些死板的小贩，不管母亲怎么砍，人家都不肯让步，他就偷偷地戳戳商贩，或使个眼色，意思是："你就先按我妈出的价卖，余额我过会儿补给你。"心领神会的小贩照办了，砍价成功的母亲又能高兴一整天。

　　时间一长，小贩们都知道了他们娘儿俩的故事，也都很乐意配合他"演出"。每次他带着母亲出现在菜市场，他一开口问价，商贩们总是把价格叫得高高的，而且一脸的严肃，丝毫也没有商量的余地。而等到母亲出马的时候，小贩们很快便"无可奈何"地"就范"了，有时候，还顺带夸上两句："大妈，您可真会说啊，姜还是老的辣啊！"

　　他和小贩这样的"双簧"演出一直持续了十多年。

　　有时候，给母亲的爱一个出口，也是一种孝顺。让母亲感觉自己仍有价值，这样的"精神赡养"比任何物质都显得珍贵和重要。

　　这个为母亲演"双簧"的"车夫"，是洛阳监狱一级警督，"当代中华最感人的十大慈孝人物""中华新二十四孝奖"获得者王春来。

妈，亲一下

九把刀

1

2004 年 11 月 22 日，晚上 8 点 44 分，我跟爸陪在妈身边。今天是妈住院的第一个晚上，病因是急性骨髓性白血病。

中午检查报告出来时，医生大踏步走到病床前，要找家属谈病情。当时我正捧着便当，嘴里都是豆芽菜跟烧肉，盘着腿坐在病床上，展现我的好食欲给妈看。病房只有妈和我，就在医生要说出病情的瞬间，我突然说："等一下，我叫我哥过来听！"于是匆匆放下便当，冲出病房找哥。

妈病倒后，哥便是家里的支柱。多亏他大学念的是药学系，硕士念的是生药学，博士主攻癌症治疗，更多亏他有一个哥哥该有的样子。

好不容易找到了哥，冷静地告诉他我们原先祈祷的"仅仅是严重贫血、积劳成疾"的想法终告幻灭，然后在大厅拦住医生询问接下来该怎么做。医生人很好，什么都不直说，说完转身，我的脑子一片空白。哥一把抓住我的肩膀，以一个我从没见过的表情说："怎么办？"当时我们都还没从震惊里走出来，心中浮起几个该打的电话。哥倒是老实跟妈说明了病情，毕竟妈年轻时是护理人员，什么都骗不了她，今早她还在翻看刚买的临床医学诊断分析，精明得很。

三个兄弟看着妈。"通通都不可以哭。"妈说。我则蜷在妈的膝盖上，偷偷抹掉眼泪。"当然不可以哭，现在发现得早，绝对可以撑过去。"哥鼓舞大家，弟附和。

"妈，你是我们最重要的人，真的不能没有你。"我握紧妈的手，"在网络上，我是公认的最自大的小说家，自信得一塌糊涂，所以你一定也要有信心可以撑过化疗。"

"知道啦，那个是遗传。"妈勉强笑道。

之后，我们三兄弟轮流到医院外偷着哭，然后分配接下来的工作。身为一个自由作家跟延期毕业的硕士生，我决定从新北市板桥搬回彰化，黏在妈身边写小说。哥则放缓研究室的进展，开着一台12年的老车疯狂往返于台北与彰化。老三正处于最忙的学业期，只能嘱咐他排除所有不必要的外务，多回彰化陪妈。

因为是妈妈——家里最重要的人。

一直到躺在病床上，妈都还在担心我们能不能照顾好自己："忘了把钱先给你们，记得自己从家里拿5000块（新台币）再上台北！"一想到妈说这句话时的着急神情，我就无法克制地大哭起来。

从医院出来的路上，我想替妈写些东西，或者替我们家留下共同的美好记忆。这段记忆该起什么名字好呢？我几乎立刻看见妈小小的身躯骑着脚踏车，腼腆地回头看我的画面。妈，一定要好起来。

2

爸是个很依赖妈的人，他不会煮饭洗碗，不会洗衣熨衣，半夜腰酸背痛时要妈捶打按摩，睡前常开口要吃宵夜——标准的上一代台湾幸福男人。我们家没有钱，一笔债务扛了20多年总还不完，但爸过得很好，因为有妈为他打点勉强收支平衡的账。

"你晚上饭前饭后的药吃了没……姜母茶粉就放在我们泡咖啡的那个玻璃柜里后面一点儿……那个电话我抄在……"妈在病床上，还是遥遥监控爸的生活。

晚上10点，我们家的药店打烊，爸来了。他见到妈很开心，然后请教妈许多东西的存放位置，露出依恋的表情。"真想抱你回家。"爸感叹。这次妈的身体出状况，来医院检查前爸老是哭，弄得妈眼泪也无法收住。但爸的眼泪对妈来说意义重大，妈在爸的生命里留下最辛劳的背影。

陪伴在妈身边写些这个家的回忆，除了排遣我的愁绪跟对妈的心疼，我更希望这份彼此陪伴的经历能带给妈力量。对完全以这个家庭为重的妈来说，这份陪伴书写能让妈知晓她在我们每个人心中的意义。

我想，应该解释一下一直提到的我妈的脚踏车。妈不会骑机车，不会开车，只会骑学生时代学会的脚踏车。我们上国小时，如果爸偷懒，妈就骑脚踏车送我们兄弟去上学。其实我们家离民生国小并不远，只有一公里左右，但妈就是不放心。

那个时期的小孩子多半都很畏惧"在同学面前丢脸"，让父母接送上下学意味着自己被溺爱、不够成熟。跟妈越靠近学校，我就越怕被同学看见，简直是提心吊胆，于是一定不会在靠近学校时坐在脚踏车上。尽管别扭，但我很清楚妈的爱，所以从没大吼大叫斥退父母的温馨接送。而且，妈送我们到校门口时，我们会很自然地朝妈的脸颊亲一下。"妈妈再见。"我们亲亲道别。

民生国小有 3 个门，每个兄弟因为各差了 2 岁，所以离开妈的地点也不同。记得我刚上五年级不久，哥已上国中，弟又进了学校的另一个门。那关键的一天，妈独自送我到正门口时，嘱咐我几句就转身骑车要走。

"妈，还没亲。"我愕然，有点儿不知所措。

"长大了，不用亲，快进去。"妈有点儿腼腆地说。

我眼眶骤然一红，泪水模糊了视线，几乎要哭着走进学校。忽然，妈叫住了我，我泪眼汪汪地朝着妈踱步。"好啦，过来。"妈说，终于让我在她的脸颊上亲了两下。

后来，那个瞬间成为我记忆中最动人的一刻。

现在回想起来，妈的兴趣很少。其实是太过操劳，使得培养兴趣的时间变得太珍贵。真的有空闲，妈也会选择睡觉。妈说没有什么比得上好好睡一觉，妈真的很需要休息。

妈这次患病住院并非无预警，她经常头痛，没有食欲，胃痛，全身酸痛，半夜无法安稳入睡，手颤……将这些痛苦的画面拆开来看，好像是很平常的劳累病，很容易靠简单的成药就将痛苦缓解，所以便容易被忽视。最让我们兄弟内疚的是，病情的真相还是靠着妈的警觉与行动力，才提早揭开。

我深深体悟到，为人子的，应该将关心化为实际的行动。爸妈一有不对劲，做子女的不能老是嘴巴提醒、口头关心，而是该直接抱起父母到医院做检查。更重要的是，有些简单的梦想不该放在"可见的未来"再去实践。未来如果可见，就失去了未来的真正定义。我一直想带从未出国的妈出去游玩，也一直未能付诸行动。

3

一直以来我们都很庆幸没让妈失望，我们很清楚身为妈的骄傲，身上一定要有各自的光芒。哥说我的成就来得最早，妈总是很开心地跟别人说我出过书，在网络上很红。我总是期待将来有什么大众文学奖等我去抢，站在台上发表讲演时好好谢谢我妈。

妈常说，我的文学细胞来自爸，然后提起爸以前写给她的情书。我很清楚在爸的严格调教下，我的文章在同行中出类拔萃。

对于我后来专职写小说这件事，妈也给予近乎豪赌的尊重，并没有一直用世俗的职业观贬抑我、逆向激励我，或是过度担心我。我第一次投稿的小说就得了彰化县磺溪文学奖，次年再得一次。妈超高兴，认真地将小说看了一遍。妈总是这样，不管我写了多奇怪的题材，她都会戴起老花眼镜，若有所思地慢慢翻着。

什么导演来找我写剧本，什么制片来找我合作，大陆众多出版社来邀书，小说人物要做公仔，受邀到哪里去演讲等等，我都会用超臭屁的表情跟妈说，然后欣赏妈替我高兴的样子。

因为妈是世界上唯一一个不会对我的热血成就感到羡慕或嫉妒的人。我想让妈深刻知道儿子与她之间的美好联系。一个作家的三元素——情感、灵感与动力，在我的生命里，妈妈对我灌注的爱，三者兼具。

经过 4 次化疗，妈终于出院了。鉴于职业性质，可以居住在任何地方的我，很想定居在熟悉的中部，就近照顾妈妈。撇开需要照顾妈，我一直是个很恋故土的人。虽然彰化的发展很缓慢，始终没有一家像样的百货公司，没有我最需要的豪华影城，但我就是无法克制对这片质朴土地的热恋。

我的根扎在彰化的土地里，扎在一群老是离不开彰化的朋友那里，扎在我的家人身上。这是每一个创作者的艺术天性——尽管四处流浪，血液里还是做着故乡的梦。

由小说《功夫》（非周星驰版《功夫》）改编的电影合约已经正式签订，希望在不久的将来能牵着妈的手，走进盛大首映的电影院，走进我们共同的骄傲里。

灯光一暗，那个曾缩在妈肚子里的孩子，登峰造极的人生开始了。

妈，亲一下。

再亲一下。

然后再亲一下。

致上帝先生

〔印度〕雷蒙德拉·库马　张海波 / 译

安德鲁正从车库倒车出来，忽然看见女儿阿万蒂沿着通往大门的路走着。只见她穿戴整齐，手上拿着一封信。

"阿万蒂，你要去哪儿？"

"我……我是去……"阿万蒂迟疑了一下，说，"爸爸，我去邮局。"

"去干吗呢？"

"我去寄信。"

"给我吧，我顺路帮你寄好了。"

阿万蒂犹豫了一下，把信递了过去。安德鲁将它放在身旁的座位上，把车倒出大门，然后向阿万蒂摆摆手，便开走了。

由于上班快迟到了，所以他决定路上不停留，到办公室后再派他的信差奇特拉姆去寄信。

到办公室后，他就按了铃。在等奇特拉姆的时候，他无意间瞥见了那个信封。信封上面的地址写的是"天堂"，收信人是"上帝先生"。字写得歪歪扭扭，显然是孩子的笔迹。安德鲁不禁好奇地打开信封读了起来。

亲爱的上帝先生：

这是我第一次写信给您。我妈妈生前常说您很爱小孩儿，说您对小孩儿的祈祷总是有求必应。

在我七岁生日后的第三天，我妈妈就去世了。在那以前我一直是很幸福的。

但是现在我非常非常伤心。妈妈在的时候，爸爸总是笑，总是和我玩儿。可现在他几乎不和我说话了，总是非常伤心难过。他每天早早就离开家，晚上我睡了才回来。戴西阿姨说他开始喝酒了。

求求您，上帝先生，我不想待在这间没有妈妈的房子里。求求您，把她送回来还给我好吗？如果您不能送她回来是因为妈妈已经变成了天使，那么就求您像把妈妈带走那样，把我也带走吧。

我很乖，自己做作业、铺床，自己照顾自己，不信您问我妈妈。不打搅您啦，上帝先生，我等您的回答。

爱您的阿万蒂

安德鲁将信读了好几遍，然后走进老板的办公室，向他请了一天假。十几分钟后，他驱车来到市郊那个他特别钟情的地方，在那里俯首就能鸟瞰一望无际的湖水。此刻，这地方显得分外孤寂。就在那棵巨大的菩提树下，他和妻子苏珊曾一起给爷爷起了个绰号叫"摩西"。此时，他坐在树下一遍遍读着女儿的信。

他闭上眼睛，回想着这九个月来所发生的一切。

九个月前，苏珊丧生于一次火车事故。她的离去，使他的生活变得支离破碎。幸好有保育员戴西夫人在家照顾女儿，不然情况会更糟。苏珊死后，安德鲁极不愿意回家，因为家里任何一件细小的东西都会勾起他对苏珊的思念。于是他开始一大早就离开家，天天在办公室工作到很晚，即使下了班他也不直接回家，而是到附近的酒吧喝几杯。他以为这么小的孩子有戴西夫人的照料就万事大吉了。

安德鲁沉溺于自己的悲痛，而忽略了女儿的孤独。他没有意识到女儿也在苦苦思念着她的妈妈，原以为女儿不会像他那样悲伤，却没有想到，失去了母亲的女儿是那么渴望得到父亲的关爱与抚慰……

这之后六个月过去了，这六个月里，安德鲁努力做好自己应该做的事。

一个星期天的早晨，安德鲁醒来，看着对面墙上祖父留下的时钟，时间是八点半，阿万蒂还在睡觉。他正准备叫醒她，忽然发现床头柜上摆放着一个熟悉的褐色信封，那是女儿写给上帝先生的又一封信。他拿起来，走到客厅，坐在椅子上读起来。

亲爱的上帝先生：

这是我第二次写信给您，我知道您收到了第一封信，我要谢谢您。虽然您没

有把妈妈送回来，也没有把我带给妈妈，但是您将我的爸爸完全改变过来了。

您可知道，上帝先生，现在爸爸让我在他的房间睡觉了。睡觉时他总会用他强壮的手臂搂着我，令我感到好安心。还有，他现在常给我讲故事——有滑稽的、吓人的，有时还有很动人的故事，让我听得有点儿伤感。

上午他常带我去游泳，他已经教会我了。傍晚我们去练瑜伽。晚上吃了晚餐，他会驾车带我外出兜风。他甚至连酒也戒掉啦。真的，戴西阿姨可以作证。

亲爱的上帝先生，虽然您不能还我妈妈，但是您却赐予了我一个面貌全新的爸爸。我真的非常非常感谢您。

向您献上我全部的爱！

阿万蒂

过了几分钟，戴西夫人端着早餐走进客厅，发现安德鲁坐在扶手椅里，闭着眼睛，手里拿着皱巴巴的信，泪流满面……

与父亲相伴的日子

〔美〕菲利普·托莱达诺　何笑莹 / 编译

　　一段关于衰老、感恩、孤独、悲伤和爱的生命经历——菲利普·托莱达诺，一位美国摄影师。他独自陪伴父亲度过了最后的 3 年时光，眼看着老迈的生命之火一点一点地熄灭。他用相机和文字，将这一切记录下来。

　　父亲爱德华·托莱达诺曾是好莱坞电影演员，演过格里菲斯执导的《赖婚》，还在《陈查理的秘密》中扮演一位很酷的杀手。

　　托莱达诺出生的时候，父亲已经 58 岁，而母亲去世的时候，父亲已经 96 岁。他是父亲唯一的孩子，这让他既惶恐又悲伤。

　　"与父亲在一起的 3 年时间，我重新认识了他，他惊人的幽默感，他年轻时的英俊和野心，他作为父亲之外的另一面……能与父亲以如此美丽而充满尊严的方式说再见，我对他以及与他相伴的这段日子，充满了感激。"

　　2008 年夏末，托莱达诺将这些照片和文字贴到博客上。出人意料的是，数以万计的邮件从世界各地飞来。而今，他的博客访问量已经超过 150 万人次。

1

　　2006 年 9 月 4 日，母亲猝然去世，我才意识到，她曾百般保护我不受父亲的干扰。父亲患有短期失忆症，常常迷路。参加完母亲的葬礼回家后，他每隔 15 分钟就问我一次："你妈到哪儿去了？"我只得一次又一次解释："她已经去世了。"

　　这对他来说，每次都是震惊的消息："为什么没有人告诉我？为什么不带我去参加葬礼？"不断重温她的离去，令我们俩都悲痛欲绝。我决定告诉他："她去了巴黎，去照顾她生病的兄弟了。"

2

父亲年轻时非常英俊，不愧为电影明星。看到自己如今饱经沧桑的样子，他会非常沮丧。有一次带他去看医生，在门厅的镜子里瞥见自己白发苍苍，他被吓着了，拒绝出门。他说，除非找一根"黑色铅笔"把他的白发染黑。

3

我在屋子的角落里找到一些纸片，上面记录着他脑海中的一些闪念，是他试图向我隐瞒的不安与忧虑："人们都到哪儿去了？发生了什么事？"他感到多么迷惘！

4

父亲常常告诉我他想死，说该到他离开的时候了，他已经活得太久。很奇怪，我也有一丝希望他离开的想法。活在模糊又残缺的记忆中，这不是他该过的生活。然而，他是我在这个世间唯一的亲人。

那天，他又说起他想死，我提醒他："你一生都在锻炼，身体状况良好。"他望着我，伸出一根手指说："下次我会留在床上不起来！"

5

父亲在厕所里花费了非常多的时间。他有失忆症，因此可能一次在里头待上数小时。这令人心碎，也令人恼怒。他甚至会刚提起裤子，又浑然不觉地说道："等一下，我得上厕所。"

我提醒说，他在厕所起码待了一个小时。他慢吞吞地转身看看我，那表情，仿佛不相信自己养了这么一个愚钝的孩子。

6

我喜欢父亲这样的时刻，那么几分钟，一切似乎都重返旧日：我的母亲没去世，也没去巴黎，她只是要去趟商店，很快就会回来。真要是这样，该有多美好！

我现在才明白母亲为何总是一遍遍地做同样的菜，因为那是父亲唯一肯吃的东西：炒蛋、鸡蛋沙拉、中式蛋花汤，他着了魔似的吃大量鸡蛋。可是，最近去看医生，他的胆固醇竟然下降了！

7

父亲非常有趣，我把小曲奇放在他的胸膛上，他说："看我的乳头！"这怎能不让人大笑起来呢？

8

父亲握着我妻子卡罗的手。他对微小细节的察觉真是不可思议，要是她刷了睫毛，或穿了条新连衣裙，他都会作出评论。他还变得像个"色老头"，他会赞扬她"曼妙的身材"，也乐于看她穿短裙。这让我十分惊讶。我一生都没听他说过关于性的话题，甚至连含混不清的也没有。卡罗说，我们应该找个性感的姑娘，让她一周来一次，给父亲念报纸。

9

父亲从前总是沉迷于调理他的健康，每天早晨，他都会做健美操。他穿着衬裤，在起居室里压腿，做仰卧起坐。作为孩子，我觉得相当有趣。那时，他爱喝拌了生鸡蛋的橙汁，总是故意问我要不要和他一起喝。我告诉他，我觉得那恶臭的混合物很恶心，他就高兴得大笑起来。

10

父亲对母亲的爱，绵长而持久。他曾不停歇地谈论她，感激她付出的爱，感激他们之间的关系，感激她把这个小家庭凝聚得如此紧密。

我深爱妈妈，可她简直让我发疯：说我的头发太短了，说我的衬衣太皱了，或是说我站得不直。她离开了，我才意识到我一生都在拒绝接受她的影响。而现在，我怀念她，我觉得她对所有事情的看法几乎都是对的。

母亲的生日，过去我总是忘记，但今晨我梦见了她，她高兴地笑着……若仍在世，今天她就81岁了。妈妈，生日快乐！

11

以前，父亲总是力劝我做得更好些，工作得更努力些，这真让我有些生气。现在，他还是常常问我："你工作做得如何？"没有什么能比我的成功更令他高兴了。因此当他情绪低落时，我会立刻"变"出一个蒸蒸日上的事业来：我正在为《时代周刊》摄影，为《纽约客》工作，有数百万美元的广告宣传活动……

有时是真的，有时不是。但是真是假有什么关系？重要的是我要尽己所能让他感到愉快。那一刻，他脸上会绽开幸福的笑容，说："我得告诉我所有的朋友，我的儿子出名了！"

12

一天，我买了父亲主演的一部电影的光碟回家，这是一部陈查理的侦探片，上映于 20 世纪 30 年代。我们一起看了这部影片。他对我说，那时他还太年轻，留不了导演要求的一字胡，只得用胶水粘一副假胡子。

看到电影里的父亲，年轻英俊，感觉真特别。时光倒流，他曾经是那样非同凡响，前程无量。

13

这些天，当父亲再问母亲去了哪儿时，我依然回答她在巴黎。但当他问我她在那儿做什么时，我没搬出通常的那个故事，我改说她正在经营一个跳蚤马戏团，然后我模仿其中的一些表演给他看：把头伸入狮子口中，荡高空秋千，走高悬的钢丝……这让我们都大笑起来！

但交谈的间隙，父亲会停下来，叹口气，然后闭上眼睛。那一刻我懂得，他是知道的——关于母亲的事，关于所有的事。

14

昨日，我父亲去世了。我整夜陪伴着他，握着他的手，倾听他的呼吸，想着何时会是他的最终时刻。他在家中自己的床上离去，有我和妻子卡罗陪在身旁。这 3 年里，我一直在焦虑，害怕他离去时我不在他身旁。我不希望他被陌生人围绕着，孤单地走，或是被插上管子，连接在仪器上。

与父亲共同度过的这3年，我内心充满感激：没留下未说出口的话，知道我们相互完全地、毫不尴尬地爱着对方，感觉到他对我一切成就的骄傲，发现他是个多么有趣的人……这些都令我感到无比幸运。真美好，这真是一份珍贵的礼物！

父亲的生命仿若一条长河，以灵活的姿态向前流淌，带着微笑蜿蜒绕过每一个障碍，在阳光下舞动，波光闪烁。每一扇门都等待被开启，每一扇窗都等待被窥探……就在上周，他99岁生日那天，我问他："你觉得自己多少岁？"他咧开嘴笑了，说道："22岁半？"

如今，他留下他的坐椅，去了巴黎，去与我的母亲相见。

女儿送给父亲的最美风景

李志彬

小女孩依娜从小就是爸爸的一双眼睛，每个黄昏，她都会牵着双目失明的爸爸散步。依娜有一个梦想：长大了要为爸爸治好眼睛，让他看到天边的彩虹，那是爸爸心中最美的风景。

让爸爸看到天边的彩虹

今年 32 岁的郑克伦是贵州安顺镇宁布依族苗族自治县人，19 岁那年，因一次意外事故而眼角膜受损，双目失明。这一年他正准备参加高考，原本成绩不错的他被这飞来的横祸改变了一切。就在他人生处于最低谷的时候，同班同学吴卉走进了他的生活，2000 年，两个相爱的人走进了婚姻的殿堂。

一年后，小依娜降临到这个家庭，女儿犹如天使般漂亮可爱，郑克伦觉得这是上天对他的怜惜和眷顾。从此，他一刻不离地负责照看女儿，妻子吴卉则靠卖水果支撑起这个家。虽然日子过得清苦，却充满着温馨和希望。小依娜一天天地长大了。从 5 岁开始，每到黄昏，小依娜就牵着爸爸到门前的那条小街上散步。在街坊们的记忆里，这个长着一双美丽大眼睛的可爱小女孩拉着父亲走过的身影，是这条小街最动人的风景。雨后，小依娜牵着爸爸走到小街上，突然，她惊喜地大叫起来："爸爸，快看！好漂亮的彩虹，天上架起了一座彩色的桥。"

"爸爸，等我长大了，我会挣很多很多的钱，把你的眼睛治好，让爸爸也可以看见美丽的彩虹！"小依娜扑闪着大大的眼睛，认真地说道。她从小就知道，爸爸的眼睛可以治好，只是因为没有钱，也没有眼角膜供体才一拖再拖。

听着女儿稚嫩的声音，郑克伦笑了："你就是爸爸的眼睛，爸爸有你，就是天底下最幸运最幸福的人！"

2010年1月30日，小依娜病了，她不停地呕吐。起初，医生以为是感冒，可打针吃药半个多月却始终没有一点好转的迹象。3月1日，郑克伦变卖了所有的家当，和妻子带着女儿来到贵州妇幼保健院。最后医生确诊小依娜患的是晚期髓母细胞瘤。糟糕的是，小依娜的身体状况根本无法手术，只能住院进行保守治疗。一个多月之后，夫妻俩带去的钱花光了，可是，小依娜的病情仍然没有一丝好转。无可奈何中，他们在女儿生日前夕带着她回到镇宁。

郑克伦不甘心就这样让女儿离他而去，他一边打听医院，一边四处筹钱，甚至借了高利贷，终于凑了8万元钱。听说云南昆明的解放军478医院可以做手术，5月下旬，郑克伦夫妻俩带着女儿来到了昆明。6月7日，小依娜被推进了手术室，手术出乎意料地顺利，3天之后，小依娜可以下床走动了。可是从7月15日后，小依娜又开始呕吐，同当初发病的症状一模一样。最害怕的事还是发生了，短短一个月，女儿的脑瘤就复发了，而且生长速度更快。

8月13日，从昏迷中醒来的小依娜忍着剧痛，轻轻说道："爸爸，我是不是快要死了？"郑克伦大恸，抱着女儿喃喃地说道："不会的，不会的！""爸爸，我走了，你和妈妈不许哭。我要把眼睛留给爸爸，让爸爸也能和我一样看见彩虹。"郑克伦惊呆了，女儿的话让他肝肠寸断，如同万箭穿心，"我的傻丫头，爸爸什么也不要，就要你快快好起来。没有了依娜，爸爸要眼睛有什么用！"

最美丽的彩虹就在身边

如果生命可以互换的话，郑克伦宁愿用自己的生命去换回女儿的生命。如今，女儿却要用自己的眼睛为他换回光明，他怎么能忍心！可女儿却固执地坚持着，郑克伦只能暂时含泪同意："你好好治病，爸爸就答应你。"8月16日，在女儿的一再要求下，郑克伦跟昆明华山眼科医院取得联系。当天下午，眼科医院的医生前来与郑克伦签订了捐献书。9岁的小女孩要把眼角膜捐给爸爸的消息，很快传遍了春城。

短短几天时间，郑克伦一家就收到社会捐款5万余元。为了拯救小依娜的生命，中央电视台的记者帮助联系了北京一家知名医院。"依娜，有这么多好心人来帮助你，你一定要坚持下去，不能让他们失望呀！"东方航空公司云南分公司为小依娜一家进京治病，提供了全部免费的机票。

8月29日8时，郑克伦一家乘坐的航班从昆明巫家坝国际机场起飞。小依娜的头无力地靠在父亲的肩上："爸爸，我们在天上飞，离彩虹很近吗？"郑克伦流着泪点头："是的，彩虹就在我们身边，这是人间最美的彩虹。"8月29日11时30分，郑克伦一家到达北京。但小依娜的体质太差，而且在昆明已经做过一次手术，病情十分复杂，能不能再次进行手术还需要住院观察。9月3日，小依娜的主治医生来到病房告诉郑克伦："9月6日，小依娜就可以做手术了。"

用你的眼睛照亮父亲的世界

9月5日，小依娜手术的前一天，医生告诉郑克伦夫妇，小依娜的手术成功率不到30%，因为依娜的体质太差，很可能无法承受手术后身体的负荷而导致心肺衰竭。可不做手术，小依娜很快就会被不断增大的肿瘤吞噬。在两难的抉择中，郑克伦决定做手术。9月6日早上8时，郑克伦同医生一起将小依娜推到手术室门口。漫长的4个小时终于过去了，医生表示："手术很成功，现在就看小依娜术后的身体抵抗力了。"小依娜被送进了重症监护室。9月14日，小依娜呼吸衰竭，医生全力抢救无效，小依娜乘着爱心编织的翅膀飞向天堂。悲痛欲绝的郑克伦夫妇握着女儿冰凉的小手欲哭无泪，他们实在不想和女儿分开啊！

9月15日凌晨1时，郑克伦代女儿完成眼角膜捐献手续，小依娜的眼角膜被摘除。可他却拒绝接受女儿捐献的眼角膜。他怎么能够让女儿的眼角膜移植到自己身上？这会时时撕裂自己的心啊！再说，自己已经失明十几年了，如果移植不成功，就浪费了女儿的眼角膜。他希望自己能尽绵薄之力，他决定回馈社会给予他们全家的爱心，把女儿的眼角膜捐给那些更需要光明的年轻人。随后，小依娜的一对眼角膜移植给了两个年轻人。医生表示，两位受捐人已经恢复了光明。

9月18日，在八宝山殡仪馆里，郑克伦轻轻地哼着那首女儿最爱听的歌——《彩虹的约定》为她送行：彩虹是希望的约定，也是最真的爱……

流泪的怀念

李 军

国庆期间本不准备回西安老家，但假期快结束时突然感到心里不安，想着应该再去看看患病的母亲，虽然不久前刚回去看过她老人家，但不知是一股什么样的力量，让我鬼使神差地踏上了回家的路。

母亲仍然用她那迷茫的眼神看着我。自从她患病以来，她的眼神就越来越迷茫，一直到最后连自己的儿子也不认识了。虽然每次看到母亲心情难免沉重，但我每次见到她，心里总是生出许多温暖。我喜欢把母亲抱到院子里晒晒太阳，替她老人家梳梳头，给她喂水喝，抚摸她枯瘦的手。我们就这样静静地待着，想起小时候母亲拉着我的手，去小镇上赶集时的一幕幕情景，泪水就会不由自主地从我的眼眶里缓缓地流下来。这次见到母亲，没有带她到院子里晒太阳，大哥说最近母亲的身体很虚弱，外面天气冷，容易感冒。我就只能在屋里安静地看着母亲，上午的阳光从窗外透进来，慢慢从我们母子身边滑过。在我要返程回广州的时候，母亲还是像往常那样没有说话，只是用吃力的眼神看着我慢慢地离开。

第二天我回到广州，刚走进家门，行李还没有来得及放下，就接到我二嫂的电话：母亲走了！那一刻我突然懵了，背着行李站在家里半天说不出一句话来，任凭泪水恣意地流淌着。虽然我知道这是真的，但心里仍然希望这不是真的。难道冥冥中母亲就是等我回去看她最后一眼，传说中的神奇事情真的变成了现实吗？

在我们家三个兄弟中我排行老三，母亲最疼爱我，大哥二哥都当过兵，唯有我一直和父母生活在一起，直到前些年因为工作原因调到了广州。父亲去世早，母亲每年都会来广州住几个月。去年母亲的病已经比较重了，但还是坚持在广州住了一个月。

母亲从小性格倔强，15 岁时由家里做主和父亲定了亲。那时父亲参军在部队，17 岁那年，母亲背着家里独自一个人一路打听寻到了父亲的部队。新中国成立后父亲还在部队工作，而母亲被安排在地方政府机关工作。母亲是一个非常聪明的人，上中学的时候成绩很好，曾考过全县第三名，后来由于家里穷没有钱继续读书，才跑出来找父亲。20 世纪 60 年代初期，母亲曾获得过省级劳动模范称号，并担任陕北一个县的妇联主席。后来我的妹妹在一岁多的时候得病，一直无法治愈，医生也一直劝说放弃治疗，说最多只能活几年。母亲不信，毅然改行学医。她把自己最美好的年华都倾注在了给妹妹治病的路上，虽然最终也没有治好妹妹的病，但在母亲的呵护下，妹妹一直活到了 24 岁。如果母亲不改行，也许她的事业会有很好的发展，但母亲一点都不后悔，她说既然老天把妹妹带到了我们家，我们就要好好地待她，要对得起这个生命。妹妹走后，逢年过节母亲都会带着我们给妹妹烧纸。她说照顾妹妹虽然很辛苦，但没有人知道，她其实也很幸福。

我们家的 3 个孙子都是母亲一手带大的。当孙子们一个一个上学、工作后，只留下了孤独的母亲。虽然母亲从不说，但我却可以感受到母亲晚年时的孤独和无奈。我们兄弟天各一方，因为工作忙，虽然有心却无法尽心尽力，母亲也从不麻烦我们。我每次回家给她买的衣服她都舍不得穿，总说她的衣服很多不让我再买。给她钱她也总是不要，说她一个人钱够花。因为母亲退休早，她的退休工资仅有几百元，但她一个人省吃俭用，从不要我给她的钱，反而经常寄钱给我。虽然每次几百元对我来说微不足道，但那却是母亲一年里省吃俭用的全部积蓄，是一个母亲对儿子的慈爱之心。每次收到母亲的汇款单时，脑海里总是浮现出她一个人颤颤巍巍在邮局里填写汇款单的情景，来自母亲的这份爱，每次都让我忍不住泪流满面。我想不出在这个世界上还有什么爱比母爱更伟大、更无私。母亲不但给了我生命，还给了我享受不尽的爱的温暖。我曾想过，母亲给我的爱这一辈子肯定还不完，那就让我把这辈子欠母亲的，下辈子加倍地还给她吧。

送母亲走的那天下着大雨，我们儿孙们一起为母亲举行了一个小型的送别仪式。母亲静静地躺在花丛中，就像刚刚睡着一般。儿孙们围着她，轻轻述说着她这一辈子的故事，有苦、有乐，有笑，也有泪；有她拉着我的小手上学时早晨的明媚阳光，有我趴在她背上走向黄昏时的梦里呓语，有她站在大门口等待娃娃们回来时不断张望的身影，也有我们一大家人在一起时那些难忘的幸福时光。母亲一生中都在送我们，从小学到中学，从大学到工作，再到我来广州。在对母亲的怀想中，总会浮现出一次次相送的情景。而最后这一次让我们送母亲吧，我们给母亲身上撒满花瓣，看着她慢慢地从我们的视线里消逝。在那一刻，我疼痛的心、替她担忧的心突然间释然了。我知道，母亲一辈子勤劳辛苦、满怀爱心、与人为善，心里总是牵挂着孩子们，她在天堂里是不会寂寞的，她可以不再受病痛的折磨，她可以和父亲、妹妹相会了，他们在一起一定会快乐幸福的！

母亲一生不愿意给别人添麻烦，只要自己能做的，绝不麻烦别人，即使自己的儿女她也不愿意麻烦。母亲的墓地是她自己生前选好的，并办理完了所有的付款手续。寿衣也是她生前背着我们自己置办好的，包括盖脸的手帕、绑脚的麻绳，每一个细节都想得很周全。她把自己的遗像也放大后装好镜框，并用黑布缠好，最后把这些都放在一个包袱里绑好，放在家中的柜子里。在她去世前最后清醒的时候，她才把这一切告诉了大哥。母亲啊！你怎么连送你最后一程的事情也不让我们替你操心？你怕麻烦你的儿女，你的心里只有儿女，唯独没有你自己，你让我们这些做儿女的惭愧得无地自容啊！

母亲走了，也带走了我们永远的遗憾。从此，远离家乡的我少了对母亲的牵挂，却多了对母亲无尽的思念。母亲在时，每次回西安感觉都那么亲切；母亲走了，感觉西安突然变得那么遥远、那么陌生。母亲在时，我感觉自己还是个孩子，因为我有妈妈在，我可以叫妈妈，在母亲眼里，我永远都是她的孩子；母亲走了，我突然感觉自己没有天了，没有妈妈可以叫了，一下子变老了许多。这一刻我很羡慕有妈妈的每一个人——你可以爱妈妈，妈妈也爱你，有妈妈的爱和爱妈妈是一件多么幸福的事。

最后，才知道该如何爱你

〔美〕杰拉尔德·温诺克　辛良生 / 译

　　1960 年我 12 岁生日那天，父亲送给我一本罗格·彼得森撰写的《北美洲东部鸟类观赏指南》。

　　父亲酷爱观鸟。我年少时，他就经常向我讲起 20 世纪 20 年代他在巴尔的摩的童年故事，讲他如何热爱鸟儿，以至于徒步穿越森林追寻每一种新发现的鸟儿，并为最终能偷偷靠近这些鸟儿观赏一番而感到兴奋。

　　我还记得，那时我们家就在巴尔的摩西北部绿草地大道旁。12 岁生日那天，父亲和我一起坐在家中后院的门廊中，我不高兴地噘着嘴，因为父亲送给我的是他喜欢的"观鸟指南"，而不是我最想要的新棒球手套。那时，我还没有像父亲一样喜欢鸟类和大自然。我心不在焉地翻着父亲送给我的书，直到眼前一亮，我被彼得森描绘的一幅靛蓝鹀的作品所震撼。那幅图极其生动，鸟身颜色脱俗，鸟儿似乎就要跳出纸面。

　　于是，我问父亲："你见过靛蓝鹀吗？"

　　"当然，"父亲回答说，"现在咱们这里就有好多。"

　　他的目光越过家中的草坪，投向小巷对面长满杂草的路边。

　　"那儿就有一只。"父亲对我说。

　　"在哪里？"我从书中抬起头来，满怀期望地在那片茂密的野花里搜寻着，但是什么也没有发现。

　　"试试这个吧。"父亲从背后拿出他那架部队配发的双筒望远镜。他之前一直把它放在卧室壁橱的最上层，那里是我不能触碰的禁地。"生日快乐，臭小子！"

他把望远镜递到我的手里，看着我的眼睛。我还记得从他手中接过望远镜放到眼前观看时的情形：鸟儿奇迹般清晰地出现在我的视野中，这是我年少时见过的最美丽的事物。

会不会有那么一天，我把这记忆中最美丽的事物也忘记了呢？

父亲就已忘记了几乎所有关于鸟类的事情，大多数时候也忘记了我是他的儿子。他见到我时总是很高兴，不过通常都认为我是他的兄弟或是一位忘了名字的年长的朋友。我要走时，他总是说"没事你应该多来的"，即便我数小时前刚来过。

父亲86岁，属于美国人口中增长最快的群体——超老群。这个群体中约有半数的人患有痴呆症或有不同程度的智力受损，尽管他们的亲属可能不知晓。

每次探望过父亲，如果他还醒着，我会说："我爱你，爸爸。"当他回答"我也爱你"的时候，我总是感到惊讶。因为父亲从前绝不会直白地对我说这句话，无论我是他12岁的小儿子还是50多岁的老儿子。现在，我已年近花甲，他也即将90岁高龄，此前束缚他感情表达的严父形象等因素已随他的失忆不复存在，这时，他才能坦然表达对我和弟弟的感情。这可以说是他的渐进性失智症带给我们的礼物。

身为两个女儿（其中一个正在读研究生）的父亲的我今年58岁，父亲在我现在这个年龄时，第一次心脏病发作。第二次世界大战期间，他曾在陆军飞行团服役近5年，幸而保得一命。之后，经营过小生意，但随即放弃。养大了两个儿子，然后重拾对艺术的爱好，创作出几十幅色彩鲜艳的油画。再以后，父亲的身体就开始走下坡路了。65岁获得医疗保险资格的那年，父亲又一次心脏病发作，他的心脏功能从此受损。75岁时，父亲患上了前列腺癌，为此接受了一系列的化疗。81岁那年，他的呼吸变得急促，经常提不上气，随即因充血性心力衰竭住院治疗。

在医院里，他接受了利尿剂和辅助供养治疗。一开始似乎有效，但医院里嘈杂的环境、陌生的面孔、时不时的血液检查，以及往来奔波进行的化疗，这一切让他吃不消。不到两天时间，他就出现偏执和妄想症状，不能吃饭、睡觉，分不清现实和幻想了。越来越严重的精神错乱像狼群般包围着他，侵蚀着他与现实生活的微弱联系——他的家，他的妻子，以及他的儿女。他猛烈攻击这无形的恶魔，尽管攻击的其实是那些带着营养品，想关心、照料他的人。

他时而喊着"离我远点"，时而又清醒似的要周围的人带他回家。他的攻击性越来越强，以至于必须采取措施约束他的行为。先是用药物控制，后来不得不采用外力以避免他伤害到自己和照料他的人。

如影随形的疾病正使父亲变为一个大家不认识、难以接受的人。

自最后一次住院后，父亲已在家住了5年多。他那次出院时，我发誓不再让父亲住院治疗了，原因很简单——我和其他家庭成员都想让父亲待在家里疗养，在他过去27年每夜安睡的自己的房间，直到呼吸停止，身体安歇。我希望届时我能守在他的身边。截至目前，我守住了这个誓言。这多亏了几乎失明的母亲、我弟弟以及一位热诚、尽心的家庭健康保姆的帮助。当然，一定程度上还归功于我从自己也变得衰老这个事实中得到的亲身体验。

有时，我能感觉到父亲现在的思绪和行为背后的那种混乱，能感觉到他在不时抗争，以维持与一个由梦和梦魇交织而成的世界的联系。当往日生活的碎片偶尔飘过时，他因无法理解而变得暴躁、惊恐——

这个满头银发的老太太真的是我的妻子？我明明记得弗朗西斯是个年轻、貌美，长着一头长长黑发的女人啊。这真是我的家吗？怎么找不到厨房？我记得厨房就在楼下，现在却没有楼梯，我怎样下去做饭呀？这个男人说他是我的儿子，我认识他，甚至可以说喜欢他，但他那么老，怎么可能呢？也许我才是他的儿子，或者是他的兄弟？可我记得我的兄弟们都已经不在人世了呀——我记得有人告诉过我。我很害怕想到这些问题。为什么我的脸湿了？我不知道为什么我的脸湿了……为什么我不能自己从椅子上站起来？我到底怎么了？我真的老得这么快吗？我不是刚坐下来吗？怎么就变老了呢？

当他困惑、迷失的头脑试图理解每天出现的这同一组谜题时，我只能站在遥远的彼岸旁观、哭喊。

在另外一些日子，他会对我说："还记得我们在托马斯灯塔附近捉到的大鲈鱼吗？"于是我们快乐地回忆起那段时光：早晨4点钟就起床，开车驶过童年时那废弃的街道，经环形公路到格伦伯尼，车停在一家名叫"白咖啡壶"的小店，买些培根和鸡蛋，共进早餐，然后把钓鱼工具和5马力的船舷引擎搬到租来的划艇上。划艇停靠在南河边，用力把启动绳一拉，引擎在隆隆声中转动起来，划艇就开动了。我们闻着引擎排出的浓烈烟气，划艇平稳地驶出河口，朝闪烁着信号灯的灯塔驶去。此时，黎明才在海鸥的叫声和鱼鹰的俯冲中到来。开始钓鱼了，我们敲碎蚌壳，把肉扔到船外的河水中，吸引那些被切萨皮克人叫作"石头"的条纹鲈鱼过来。接着，我们把装了饵的鱼钩抛进撒了鱼饵的河里，等待第一条鲈鱼上钩。父亲记得这一切，然后一下子又忘光了。

以前，他是我的船长；如今，我是他的船长。现在，他这个当医生的儿子用谈话来填补他那空洞的时间，为他准备每日服用的药丸；在他喘不过气时，为他加服一点利尿剂；在晚上则想方设法减轻他的恐惧——如果某个方法使事情变得更糟，就得立即放弃。作为儿子，虽知道这几乎无望，但仍一次又一次地试图重启他的记忆，梦想有一天，父子俩可以再进行一次灯塔之旅。

母亲安详地睡着了

郭宏文

母亲睡着的时候，是那年农历三月十二日凌晨四点，在医院里的病床上。病房里很静，病房外也很静，似乎所有的东西都有了灵性，都读懂了我的母亲，都生怕惊醒她。我呆呆地坐在一个方凳上，俯首在母亲的床前，手被母亲的一只手握着。

这是我平生第一次看见母亲睡着，睡得很甜很甜，睡相真切地展现在我的面前，展现在她牵挂了整整三十六年的儿子面前。母亲睡着了，我才拥有了最近距离端详母亲的机会。我是母亲的长子，母亲一直引导我要在弟弟和妹妹面前树立长兄的威严。弟弟和妹妹常在母亲面前撒娇，搂着母亲的脖子，亲着母亲的脸。母亲总是回应那两个字："别贱！"不知咋的，那不温不火的两个字，被母亲赋予了一种特殊的音调，让在旁边看着的我嫉妒着，也幸福着。

其实，我也想跟母亲贱一贱，尤其是我在城里读高中、念师范时，长时间不能回家，想母亲真想得有些发疯，有时在梦里还禁不住流泪。但在弟弟和妹妹面前，我始终没搂过母亲的脖子，没亲过母亲的脸，没跟母亲发过贱。想起来，真是亏得慌。坐在凳子上，我清晰地看到，母亲闭上的眼睛深深地下陷了，这使眼眶的轮廓很是分明。

我使劲地在记忆里搜寻着母亲闭眼安睡的景象。我在母亲的身边生活了三十六年，三十六个寒来暑往的轮回，让好多往事留存在我的记忆中，永远挥之不去。可是在我的记忆里，没有母亲安睡的景象，有的都是她那双不知困倦的眼睛，不知安睡的眼睛。

我感觉母亲就是为夜而生的，她没有睡觉的欲望，也不会享受睡觉的安逸。长长的冬夜里，母亲坐在煤油灯下，高大的影子完全遮住了两扇窗户的黑暗。她不是给我们几个孩子缝衣服，就是在做千层底的布鞋，嘴里还不停地给我们讲一些故事，送我们进入梦乡。半夜醒来，睡眼蒙眬地喊"妈妈，我要撒尿"的时候，煤油灯很快就随着喊声亮了，母亲就在灯前。她是被我叫醒的还是压根儿就没睡呢？在母亲的身边，我愚钝得一直没想明白。

我上初中时，学校离家远，家里没有自行车，要步行去上学。我家没钟没表的，冬天，母亲起早做饭，时间掌握得出奇的准，天天让我吃饱肚子、浑身暖暖地走出家门。后来，在大年三十守夜时，看到母亲一次次站在门口望星星，我才体悟到，敢情母亲是看着夜空中那三颗星星的位置来估算时间的。有时我怪怪地想，夜是用来睡觉的，母亲偏偏不喜欢睡觉，也许母亲因此把夜给得罪了，夜也不把觉给她了。

我一直领悟着母亲念叨的那些有关白天和黑天的话。母亲说，人活着，就是过好一个个的白天和一个个的黑天。白天直硬，认准一个门儿，就是跟着太阳走，太阳出来了白天就有，太阳落下去了白天就没了。白天宁折不弯，咋也抻不长。黑天柔软，有月亮和那么多的星星照着，月亮没了，星星有的是。黑天就像皮筋一样可以抻长，过好黑天，人的日子就抻长了。其实，这些话我小的时候只是懂些皮毛，根本不解其内涵。

我常常想，母亲的被窝真是浪费了。我钻进自己的被窝时，母亲的被窝空着；我掀开自己的被窝穿衣服时，母亲的被窝还是空着。母亲的枕头很少放在被窝口儿，枕头对于母亲来说，好像成了一种摆设，看不到母亲实实在在地用它一夜。记忆中，母亲的眼睛不停地眨着，不停地转着，不见丁点儿呆涩。也许，是夜的阎王领着一群小鬼找上了门，逼着母亲偿还欠下的觉。母亲终于支持不住了，躺在了医院的病床上。我特意把母亲的被子和枕头搬到医院里来，让母亲好好还一还她欠被子和枕头的感情债。可是，母亲的眼睛依旧是滴溜溜的，老是对坐在病床前的我说："早点睡吧，明天还要上班，还要写材料呢。"

终于，那一夜母亲没再撵我去睡觉，也没说"明天还要上班，还要写材料"之类的话，而是攥着我的手，把那句"你弟弟还没有念完大学，妈拖累你了"重复了好几遍。母亲的神灵似乎传给了我，我一夜无眠地俯在母亲的病床边，让母亲紧紧地握着我的手，握着办啥事她都放心的她的大儿子的手。

凌晨的静寂中，母亲悄悄地闭上了眼睛。她睡着了，枕着她的枕头，盖着她的被子，安详地睡着了。我傻傻地看着母亲，忽然想起母亲还欠我"别贱"那两个富有特殊腔调的字，就把手从母亲的手里抽出来，俯身趴在母亲的胸前，双手搂着母亲的脖子，脸贴着母亲的脸，眼泪如泉水般刷刷地流在了永远睡着了的母亲的脸颊上。

魔 法 师

牛 妞

一

母亲病故不久，我就被医生告知，如果继续抑郁下去，6 年前的旧疾将会复发，有可能终生卧床。原来，厄运从来都不喜欢单独挑衅，它们酷爱群殴。

儿子自信地说："我不会让你再发病，我要把快乐的你找回来，我是超级魔法师。"

"魔法师？张天师也没用！"我指着自己，"这是一台已经运转了 30 多年的老机器。车祸时，差点被碾成泥尘；生你时，又被开膛破肚；一场大病让它瘫痪了 10 个月，至今小腿麻木，手指僵硬。"

忽然，从穿衣镜里瞥见自己，不禁吓了一跳：那是我吗？头发干枯凌乱，神情惶惑，嘴角愁苦地耷拉下来，像极了祥林嫂。那个开朗乐观如艳阳天的我，到哪里去了？

我害怕再回到 6 年前的病床上——头脑清醒，却只有眼珠能转动，一杯水也要借别人的手喂到口中。尤其是至爱的人猝然离去，夜半辗转，总觉得人生漫长乏味。

儿子上学去了，听见两道门都被关上，我的泪才缓缓流下来。

"魔法师"放学回来，满面喜悦："我已问过同学了，他们的妈妈年龄都比你大，你最年轻了。"

我沉默着，他找到了我年轻的参照物，可并没有找回我对生活的热情。

二

"魔法师"打算，从改造我的虚拟形象入手。

在QQ商城，他用免费的东西装饰我。职业装、休闲装、运动服……一套套试穿。再就是发型、帽子、手袋，最后是宠物。他无比耐心，我却一次一次地打着哈欠。终于，他惊喜地叫起昏昏欲睡的我："好了，妈妈，快来看现在的你！"

我终于看见了。现在的"我"，顶多有十七八岁的年纪，金黄的头发扎成一束马尾，戴一顶俏皮的太阳帽，咧开嘴巴无所顾忌地笑。身后，紫色的樱花开成了海；脚边，卧着一只小狗。那一种逼人的青春，如斟满的葡萄酒，泼泼洒洒地漾出来，猩红地张扬着。那样的我，是可以唱着歌走遍大街小巷，跳着舞逛遍左邻右舍的。

"魔法师"在虚拟的世界里找回了年轻快乐的我，可是，我在现实的世界里滞留的时间更多一些。

三

第二天，我一睁眼，天已大亮。急忙去推儿子的房门——床铺整齐，人已不见。书桌上放着一张字条："妈妈，你多睡一会儿，早餐在桌上。"

我睡眠极差，很容易被惊醒。洗漱，做早餐，出门，儿子在做这一切的时候，是如何才能够不吵醒我的？握着那杯温热的牛奶，我呆呆地想了很久。

进了办公室，对面的同事正在喝广告里热播的那种保健品。我打开包，骨碌碌，一个苹果、一个橙子就滚到了她脚下。同事弯腰去捡，忽然大笑起来。圆滚滚的麻皮橙子上面用水彩笔写着："母后，多吃水果，哈哈！"旁边还画着个酷酷的灌篮小子，张开双臂抱住橙子。

她笑着笑着，眼圈就红了，第一次向我透露心事。她的儿子属于"啃老族"，经常几个月不同她说一句话，只在要钱的时候，才肯叫一声"喂"，她说很羡慕我被家人这样爱着。我瞠目结舌。她是标准的健康红颜，平时连小感冒都不得，私家车、名牌衣饰样样齐全，这样的人居然羡慕我！

一整天，只要想到那个灌篮小子，我就会不由自主地微笑。同事都说："咦，今天用了什么化妆品？面色真好！"如果回答"用了个麻皮橙子"，她们会相信吗？我暗自发笑。

"魔法师"用一个橙子，找回了我的自信。

四

"魔法师"尽力地做着他能做的一切：每周拉我打乒乓球，去慢跑，甚至把口语老师奖励的爆炸糖带回家与我分吃。忽然想起，当年幼儿园午餐吃鸡翅，两岁半的儿子将鸡翅藏在白衬衣的袖子里，晚上带回来给我吃。至今记得，那只袖子上留下了一小片鹅黄色的油渍。

那天，打开儿子卧室的窗子透气，风一下子吹开了桌子上的日记本。我不经意地瞟过去。那一页，密密麻麻地记着压岁钱的开支。有一串账目我看不懂——陈涛：一个，微笑，两毛。王普：两个，大笑，一元。安顺佳：两个，无表情，零毛……

儿子回来，我首先道歉，说是西北风怂恿我看了他的日记，我保证，只看了一篇。他大笑着，原谅了我。我好奇地问："那个账单是什么意思？"他爽朗地说："我向全班同学征集笑话，根据你笑的程度给他们付钱。现在，有创意的新笑话已经越来越少了，大多是网上和杂志上重复的，我已经打算自己搞原创了。"

他大口大口地吃饭，一副天下无难事的样子。一口汤呛住了我，借着这阵咳嗽，我跑到卫生间，让泪水肆意而下。他请同学说笑话，然后记住，回来讲给我听，再按效果付费。这大约是他人生的第一笔投资了。原来，我的每一个笑容，都是他付出了代价的。那么，我有什么理由如此任性地忧郁下去呢？

"魔法师"令我清醒，并且，找回了我对生活的温柔之心。

五

寒流突然袭来，打开电视，正在播放新闻，说吐鲁番地区遭遇特大沙尘暴。我一惊，昨晚跟父亲通话时，他说今早要去那里看望一位多年前的朋友，还说，下午一到就给我打电话。现在天都黑了，还音信全无。我顿时耳鸣、口干，全身无力，这些症状正是上一次发病的前兆。

儿子劝我和他一起看电视，我明白，他的建议是正确的。现在，我必须分散注意力。有个频道正在播家庭剧，剧中那个老太太更年期综合征犯得厉害，极度偏激，胡搅蛮缠，竟然要打30多岁的儿子，歇斯底里，着实令人生厌。我气得大叫："快换频道！"

儿子边换边说："要是你变成那样，我就让你打。能有多痛？"

他语气淡淡的。我想起2000年的那场格林巴利综合征——我缠绵病榻，因为心情烦躁将茶杯掷向他，并推打他。他含泪笑道："妈妈，你快好了，你已经有力气打人了！"那一年，他5岁。

我心里一热，却迁怒道："又胡说！现在你都齐我眉毛了，到30岁，说不定有一米八了，我能够得着你才怪！"

他认真地说："你放心，等你老了，等我有一米八高的时候，你生气想打人了，我可以蹲下来。"

他示范着蹲下来，把双手放在我的膝上，仰脸看着我。他的头发黑而硬，头顶有双旋儿。人们都说，这种孩子很犟，看来是真的——他执意而不顾一切地要找回从前的我。

我的双膝曾经完全失去知觉，此时，却能清晰地感受到这个11岁零3个月的男孩手心里的温暖。

风停了。楼道里有人在开门关门，外环路上，车来车往。这是一个热闹的尘世，你想要的，不想要的，都在里面。无论遇见了什么，生命，总有值得我们热爱的理由。

凌晨2点10分，父亲的电话终于来了，他已经安全抵达。火车在背风处滞留了4个小时，所有的手机都没有信号。那时，他最担心的就是我。听说我好好的，74岁的父亲哽咽着说："我早就知道你是个坚强的孩子。"

小小"魔法师"最终找回了我的勇敢。拥有爱的魔法，他，无所不能。

好好活着就是爱

李 晓

21 年前的 3 月 26 日凌晨，一个年轻男人躺在了山海关的铁轨上，一辆呼啸而来的火车碾轧过他的身体。那天，正好是他 25 岁生日。

这个男人，就是写过《面朝大海，春暖花开》的海子。这个一生都在用饱含汁液的声音，呼唤生长粮食和蔬菜而匍匐在大地的诗人，用这种残酷的方式，结束了自己短短的一生。

然而这个叫作查海生的孩子，他在另一个世界不会知道，在他生日那天早晨，母亲已经在乡下的炊烟中熬好了一锅红米粥，以这种传统的方式为在北京的儿子默默祝福。

当冰凉的铁轨上躺着一个血腥的生命，一个母亲的心再也经不起碾轧。在生日那天结束自己的生命，也许，这是世界上最让母亲心碎的事情。

在那个雨水淅沥的乡村三月，这个叫作查海生的男人的骨灰，被送回了母亲居住的乡村，就在房门前 300 多米的松树林边，一座土坟被垒了起来。

从此，母亲的视线一天也没有离开过儿子的土坟。陪同儿子入眠的，是她的灵魂。在 21 年乡下的风雨声里，母亲为他的儿子海生哭坏了眼睛。"海生"是母亲在经久的岁月里，一直在她唇间不停呼唤的乳名。

海生 15 岁便考进了北京大学，一个村子沸腾了，整个县城轰动了，母亲挨家挨户发放她深夜蒸好的白糕。这个儿子毕业以后，在北京成了一位诗人。第一次去北京，看见儿子留那么长的头发，母亲只是笑眯眯地说："海生，去剪了吧！"母亲走的那天，这位贫困的诗人找人借了 300 元钱，执意揣进了母亲的包里。母亲的那个包，装了家里的 50 个鸡蛋，母亲在乡下为儿子养了一群小鸡。经过了几天几夜火车的颠簸，到了北京，居然一个也没有破。母亲一直把装着鸡蛋的布包搂在怀里，因为她相信，儿子每吃下一个鸡蛋，他苍白的脸色就会多一丝红润。

儿子塞给她的那 300 元钱，听说至今还在 80 岁的母亲怀里揣着。母亲说，等她去世以后，用儿子的这 300 元钱送她上路，就够了。

海子自杀后，很多人惊呼，这是一颗彗星的陨落。然而，在母亲眼睛里，根本没有彗星，只有连着她心房的一个生命。在母亲耳畔响起的，只有一个孩子在梦吃里的啼哭。一个国家，可以失去一位诗人；而一个母亲，根本不能失去孩子。海子，他把最疼痛的一首诗，没有写进他歌颂的土地里，而是嵌进了一个母亲疼痛的血脉里，心房中。

所以，我总觉得，在春天里怀念这样一位诗人，其实对母亲来说，更像一种剜肉剔骨的酷刑。浩瀚无际的天空对广袤无垠的大地，如何表达深沉的爱意与温柔的呢喃，我以为，那是密集的、轻盈的雨水与雨丝。那么，一个孩子对母亲，如何表达最深的爱呢？

我想，答案只有一个：好好活着，就是对母亲的爱。再没有什么比一个健康美好的生命，让孕育了生命的母亲更幸福的了。

多分一些爱给父母

若　玛

许巍是个有故事的人，只是他不擅言谈，你问三句，他未必能答一句。只有谈起自己的父母，他才会露出难得的谈兴。尤其是谈到年迈的双亲陪伴自己战胜抑郁症的时候，他数度湿了眼眶，那份真情流露令人动容。

唯一舍弃不了的，是对父母的爱与责任

大概是 2003 年吧，我在音乐创作上遇到瓶颈，当时心情很不好，不想听自己写的歌，可又写不出来满意的作品，那种感觉很可怕，很郁闷。

最可怕的是，心一天天封闭起来了，不想见人，不愿和任何人交流，包括我的妻子。有时候，我觉得自己的心像一座月光下的孤岛，没有人能够走进去。

我开始想到了死，并钻牛角尖地认为如果创作生命已经终结，那么生存在这个世界上已经没有什么价值了。那时候我住在 5 楼，有一天凌晨，我模模糊糊地听见一个声音对我说："你跳楼吧，如果你不跳，我就看不起你。"我起床走到了阳台上，爬到了窗户外面，站在空调室外机上，很危险。就在这时，妻子过来了，她死死地抓住我。妻子把我送进了医院，一检查，我得了重度抑郁症。妻子慌了，把我的父母从西安接到了北京。非常奇怪的是，看到父母，我的眼泪一下子就流下来了，要知道这之前我大概有两年没流过泪了，没有什么能打动我。我妈抱着我哭，我爸还是一贯的冷静，在一边淡淡地说："哭啥？有病就治，没什么大不了的！"父母都在身边，我的心一下子就放松了、踏实了。那天晚上，我罕见地睡了一个好觉。

可是，自杀的念头还是在我心里挥之不去。看着父母，我总是忍不住向他们交代一些后事，比如我的存折放在哪里，密码是多少，还有如果他们以后生病了可以找谁之类的话。我妈一听我说这些就哭："你不要说这些，我不想听。"我爸一声不吭地抽烟。现在想起来自己真是残忍啊，怎么会和自己的父母说这些呢？他们当时心理上承受了多大的压力我是无法体会的。

我一直没有放弃自杀的念头，直到有一天母亲和我聊天，说，西安的街坊邻居看到我爸都会和他打招呼："你儿子在北京？有个这么出息的儿子，你算是享福了。"我爸就会得意地点点头，笑着从人们羡慕的目光中走过，美得不行。"如果你死了，我和你爸也不回西安了，我们就在北京流浪，要不回去碰见邻居问起你，我们该咋说？"

母亲的话让我一下子醒了过来。

那天深夜，我起床走到父亲床前，跪在地板上轻轻地说："爸爸，你相信我，我不会自杀了，我一定要活着给你们养老送终。"黑暗里，父亲伸出手拍了拍我的肩膀，什么也没有说，可是我能够感受到他手指尖传递出的极力隐忍的战栗。

父母和我一起战胜抑郁

病在我的身上，可是父母所受的煎熬却比我更多。父亲到处求医问药，只要听说哪里有治疗抑郁症的讲座，不论多远，他都会风雨无阻地倒好几趟车赶去听，认真地记笔记。有一阵，父亲听说夜跑能够缓解失眠的症状，他就拉着我天天晚上跑步。深夜，大街上寂静无人，只有白发苍苍的父亲陪着我跑步，我甚至能听到他粗重的喘息声。跑完步，父亲总是先让我洗澡，再督促我睡觉，而他自己总说不困，就坐在沙发上看电视。其实他经常悄悄推开房间门看看我睡着没有。后来，我的失眠治好了，父亲却开始失眠了，晚上一定要跑步之后才能睡着。于是，每天晚上跑步就成了我们父子俩的保留节目。

得了抑郁症之后我不愿意见人，不愿意碰吉他，也不愿意和外界接触。父亲对此很担心。他悄悄拿走了我的电话本，挨个儿给我的朋友们打电话，邀请人家来家里玩。父亲并不知道电话本上的那些名字哪些是我的好朋友，哪些是泛泛之交，所以经常遭到冷遇。不过，有些朋友从父亲口中得知我的情况后，二话不说就赶来看我。

臧天朔来的时候，带了一车的乐器，把他乐队的人也都拉来了，在我家客厅里吹拉弹唱。我置身于久违的音乐氛围中，浑身起鸡皮疙瘩。老臧把一把吉他塞到我的手里，我一弹吉他，一听到音符从我手底下飘出来，眼泪一下子就控制不住了，捂着脸哭得稀里哗啦，好像心里有一层坚硬的壳被打破了，有些失落，更多的是放松。父亲坐在角落里看着我，脸上的笑容安详而满足。

母亲帮不上什么忙，或者说不知道该为儿子做些什么，就变着法子给我做好吃的。母亲每天都要把我小时候爱吃的东西挨个儿说一遍，一边说一边观察我的反应，只要我稍稍表现出一点兴趣，她就会给我做。为了保证食材新鲜，母亲不去家门口的小菜市场，而是早上5点多钟就起床去离家很远的早市。饭菜做好后，母亲就端给我，然后小心翼翼地观察我的神情。如果我吃得很香，她就像得到了什么奖励般一整天都高兴得合不拢嘴，似乎我能好好吃饭就是对她天大的回报。

有一次，我无意中和母亲说起北京的辣椒没有老家的正宗，只辣不香。本来无心的一句话，母亲却当了真，立即给老家的亲戚打电话，让他们帮忙买辣椒寄过来。怕在电话里说不清，母亲竟然在纸上详细地画出辣椒的图样，用特快专递给人家寄去。可怜天下父母心啊！

在监督我吃药上，母亲一点儿都不含糊，什么药应该饱腹吃，什么药应该睡前吃，她都一一写在纸上，每天按时按点把药给我备好，看着我吃下去。她从未记错过我的吃药时间和服药数量，可是她自己患高血压却常常忘记吃药。

经过父母的精心照料和药物治疗，我的身体慢慢康复了，最直接的一个表现就是我对很多事情开始有兴趣了：我会和父母一起去公园野餐，请朋友来家里吃饭，和父母去看电影……我从未想过这些事情父母是不是真正感兴趣，而对于我的任何提议，他们都是举双手赞成——只要儿子高兴，他们怎么都行。

30岁后学会拥抱父母

得了一场病，却让我有时间和父母朝夕相处。这么多年来，我都是一把吉他走天涯，从没觉得父母是多么重要的人，更没有在他们身上花费过心思，可以说我是个不折不扣的浪子。从小到大，我甚至对父母有许多不满，觉得他们不理解我，嫌弃他们没有丝毫的艺术细胞，和我没有共同语言，总想着怎样摆脱他们……

记得十几岁的时候，一次，我离家出走去了南京，可混了几天都没有找到工作，只好灰溜溜地回来了。那是一个下午，家里没有人，我自己拿钥匙开了门，然后到厨房里把剩菜剩饭席卷一空，吃完就倒在沙发上睡着了。迷迷糊糊中，父亲进来了，坐到我旁边，伸手摸了摸我的脸，又进屋拿了条毯子盖在我身上。看见失踪了几天的儿子突然回来了，我想父亲的心里一定是百感交集的，可是等我醒了，他还是一副冷冰冰的样子。我们中国人就是这样，心里有话，嘴上却说不出，不善于表达感情。

这次因为生病和父母在一起待了半年时间，父母总是回忆、玩味我小时候的种种趣事，他们说了很多遍都不觉得厌倦。末了，母亲总会意味深长地补充一句："你现在再有能耐也是从我肚子里出来的，是我的儿子。"她说这话时的那种满足和骄傲，给了我很大的震撼。其实，每个孩子都是父母的光荣，而孩子却常常体会不到老人的心思。我发现人老了之后就变得自卑了，担心孩子会厌烦自己，担心自己成为孩子的负担，所以老人喜欢回忆，因为回忆会让他们相信：这的的确确是我的血脉，是我的孩子啊！

有一天，我在书房写歌，写得很顺，于是高兴地走进客厅。父母正在看电视，我给他们一人一个大大的拥抱，父母顿时愣在那里。这可能是我成年后第一次拥抱他们，他们的神情就像是被一颗幸福的子弹击中，整个人都晕了。我记得那天一直到晚上，他们说话还有点儿语无伦次。母亲一直忙个不停，以此掩饰自己内心的激动；父亲在浴室洗澡的时候，竟然在哼歌。我觉得有些心酸，我的一个不经意的举动，竟然带给他们如此巨大的幸福感。

那之后，我就常常拥抱父母。再后来，似乎没有我的拥抱，他们已经不习惯了。

父母回西安的那天，我送他们去机场，回来后推开家门，觉得家里空荡荡的，但父母的气息还弥漫在每一个角落。我一下子就受不了了，坐在沙发上开始流泪。我在心里发了一个小小的誓：从今天开始，我要将我的时间、我的爱，多分一些给父母，否则，我会后悔一辈子。

父母在西安，我几乎每天都要给他们打电话，还上网和他们聊天，也经常给他们寄礼物。很多朋友都觉得很惊奇："你真有耐心，你不烦吗？"我不烦，真的，我越来越意识到，为父母做的每一点每一滴，即使多年之后，仍然会让我感到十分欣慰。

没有父亲的父亲节

蔡玉明

每年的父亲节，一定会给父亲打个电话，或是请他饮茶，或是请他吃顿饭。有时想带点父亲喜欢的小礼品，却懒得动手，便塞给老父三五百元："爸，饮茶也好，做麻将本钱也好，输了算我的，赢了归你！"老父必定开心，笑声震耳。

这样的父亲节如今不再。

父亲是今年清明去的。去得匆匆，从进医院到去世，仅仅十五天。当他的心电图呈一条直线时，天上雷雨大作，我在风雨中送父亲进太平间，天地与我同哭。

之后，每一个清晨，我想起的第一个人就是父亲。撕去五月的日历，我想到父亲节，竟不堪重负，夜夜失眠，着着实实地在床上躺了十天。期间迷迷糊糊发高烧，脑子里不断重演和父亲在一起的一幕一幕往事。父亲节前一天，我半夜起来，在房里转悠来转悠去，挑了一堆父亲喜欢的东西：铁观音茶、人参丸、深海鱼油……下意识是要送给父亲过节的。礼物办齐，大哭了一场。物是人非，父亲节的礼物，连同 "Happy Father's Day！"如今还可赠与谁？我始终不肯接受，今年的父亲节我已没有了父亲！

而且，以后所有的父亲节，我也不会再有父亲。

有父亲的时候，不觉得父亲节有什么特别，总是马虎，图省时省力。没有了父亲，一想起，就觉得父亲节多伟大、多重要，应该为父亲花一整天、花一个月。从来没有为父亲过过一个隆重的父亲节，是我的终生之憾！

世上有一百种人，便有一百种父爱。父亲爱我，爱得世上绝无仅有。在他的眼中，女儿就是一个地球，一个宇宙。女儿仅是一介书生，以笔为生，在父亲眼中，却如此神圣。怜惜女儿钱财的父亲有的是，但连同女儿的时间、精力都怜惜的父亲唯我独有。

每次回家看父亲，吃完饭就想多聊一会儿。父亲总说："晚了，快回家，明天你还要上班。爸知道你忙，回来吃个饭就好。"

母亲急忙唠叨："哪有这样的爸，赶女儿走。"

父亲总瞪着母亲说："你不知道女儿忙，时间金贵？"

母亲不晓得父亲的一番情意，我却深深领情。

让我难受的是每次打电话给父亲问安，还没开口，他就抢话："玉明，别太拼命，功夫长过命。爸总担心你的身体，别太累。好了，你别煲电话粥了，爸知道你心中有爸。"啪，电话挂了。

七年前，我婆婆去世，剩下老公公一人。公公一辈子由婆婆伺候，连电饭煲也不会用。我和先生天天两头跑，给公公做饭。退休在家的父亲知道了，主动请缨，由他陪公公住。父亲原先在工厂大小也是个官，却天天不耻躬身，为我公公做饭、洗衣甚至端洗脚水。去年，公公老年痴呆症发作，走丢了好几回，我们无奈，只得把公公送回乡下。此时父亲已是肺气肿、哮喘、高血压等多病缠身，却不放心公公，陪他到乡下住了一个多月。

父亲去了那个遥远闭塞的小村庄，最令我难受的是父亲的"工作汇报"：

"噢，爷爷尿尿，整个房子都有一股味。我用洗洁精刷了，还喷了花露水，现在一点味也没有了……"

"我今天骑单车到圩里，给爷爷买早餐，哈哈，他吃得很开心……"

其实，我在乡下请了专人看护公公，这些活用不着老父去做。我跟父亲讲一百遍这样的道理，一百遍都是白讲。终于有一天，乡下来了电话，才知差点儿出了大事。

父亲给我解释说，他只是想用轮椅推爷爷去圩里喝茶，因为爷爷很久没出去喝茶了。他真的没料到，推到半路，哮喘发作，双双让人救回村子……

我拿着话筒的手在颤抖。我真的不敢想下去，加起来一百五十多岁的两个老人，一个哮喘，一个痴呆，搁在前不着村后不着店的乡间路上会有什么结果。

父亲听我半天没说话，像做了错事的小孩一样，小心翼翼地说："玉明，让你受惊了？吓着你了？都是爸不好，老了，不中用了……"我抽嗒着，说不出一句完整的话："不，爸爸，谢谢你。我知道，你是为我去做的，只是你不能有事的……"

所有认识我公公的人，都说公公命好，有这么一门好亲家。只有我心中清楚，父亲所做的一切，全是为我。此心此情，我无以为报。去年年底，父亲中风住院，我陪护。在那个灰暗的阴风飕飕的急诊室，父亲挣扎着坐起来，向我一一交代后事。我紧紧拉着老父满是青筋的手，生怕一放松，就真的没有了父亲。我哭着骂他："胡说什么！爸，你命长着呢，好多福还没享，至少女儿还没认真孝敬过你，你舍得走，舍得女儿难受？"

爸两行浊泪横流。

爸病情稳定后，我又赶上出差。千里之外，夜夜难眠，只求上天保佑我父。

上天真保佑我，父亲好得出奇，原来不灵活的手脚，竟好得一点后遗症也没有。爸出院时拍了个 CT 片，医生说，从片子看没有血栓迹象，恐怕不是脑血栓。

没想到不出半年，老父再度中风，而且并发肺心病。父亲入院的第二天，我就在病危通知书上签了字。拿着病危通知，我失魂落魄地开始骂自己：多年来劳碌奔波，为小家庭，为小女儿，却极少顾及老父亲。觉悟已晚，只好拼命补偿，天天跑医院，挤出每一分钟陪父亲。

每次到病房，看着插着氧气管、食管、尿管、针管的父亲，我心如刀绞。我趴在老父的耳边叫："爸，玉明来了，我是玉明……"

父亲努力睁开眼看我。他已不能说话，我们对望着，千言万语，尽在眼中。

父亲临走前两天，突然好转。我带女儿去看他。老父指着我的手袋，我忙把纸笔递给他。他在纸上画了大半天，终不成字。大哥干过公安，有经验，猜测了半天，认为是"不要浪费"四字。

我问父亲是否此意，父亲点头。

哥说，爸不想我们为他花那么多医药费。

我知道，除了这层意思，父亲还怕我天天跑医院，浪费太多时间，太劳累。

其实我应该内疚。明知老父已风烛残年，还让他为我操那么多心，我又曾为父亲做了什么？以为给老父三五百元，以为给老父买这买那，就是孝顺，多么的愚蠢！其实我最欠的，是给父亲时间，多陪着他，说个亲热话，做些开心事。

悔之已晚。去年觉悟了，想带父亲到英国走走，看看小妹。谁料工作太忙，拖拖拉拉，手续办了半年没办好，父亲的身体却每况愈下，已经无法出远门。更改计划，去香港吧！母亲一再声明，父亲其实走路已经很艰难，绝对游不了香港。于是大哥出了个主意：香港游不了，去澳门一天，小澳门，不需要走路。结果旅游票还没买，父亲就一病不起，撒手人寰。父亲带走我多少遗憾，留下多少我无法偿还的心债！

第 99 朵玫瑰

桂 斌

一

开了十多年鲜花店的赵芬上个月买了辆"奥迪"车，前几天经过一拐弯处开得快了点，迎面突然奔来一辆自行车，她一时慌了手脚，误把油门当刹车踩，顷刻间便把骑自行车的女人重重地撞倒了，同时倒在地上的还有女人自行车上载着的小男孩。赵芬顿时吓呆了。那女人倒在一片血泊中，小男孩还好，趴在地上挣扎着想爬起来，那消瘦的脸痛苦地抽搐着，却仍有气无力地哭喊道："妈妈！妈妈！"脸色铁青的赵芬迟疑了一下，最终还是启动车子一溜烟跑了。回到店里，那凄惨的一幕总是浮现在她的脑海，以致她后来老做噩梦，一种深深的负罪感拷问着她的良心。

二

赵芬的鲜花店开在市人民医院旁边。时下人们到医院探访病人喜欢买束鲜花，因此，她的生意红火得很。但接连几天，摆放在店门口的玫瑰花总会莫名其妙地少一枝，少了的又总是含苞待放的那枝。一定是谁经过店门口时顺手牵羊偷走了，赵芬心想。这天她盯紧店门，决定要逮着这个可恶的偷花贼。

盯了一个上午，除了买花的人外，却没发现任何可疑的人去碰门口的玫瑰。傍晚，坐在店里的她正准备收市，突然看见一只手颤巍巍地伸向玫瑰花。赵芬马上站起身，看到偷花的是个瘦瘦的小男孩，好像在哪见过。她脑子里旋即浮现出撞车的那一幕：他就是被撞的那个女人的孩子！本想追出去的赵芬像被什么狠狠地撞击了一下，脸色难看极了。等她清醒过来，那小男孩已拔腿跑了。她追出店门，看见他走向旁边的人民医院，准是去看望她住院的母亲。"她究竟伤得怎样？"几天来一直失眠的赵芬抵不住良心的谴责，不由自主地尾随而去看个究竟。

站在病房的玻璃窗外，赵芬看见小男孩小心翼翼地把原来插在母亲床头瓶子里的玫瑰花抽出来，接着把手里的这枝插进去。然后俯下身子跟头上缠了一层层白纱布的母亲说话。那女人却睡在床上一动不动，眼睛紧紧地闭着，只有小男孩一个人说话的声音。莫非她成了植物人？赵芬不敢再想下去，只觉得自己是一个千夫所指的罪人！

她冒充那女人的亲戚找到了主治医生，医生说女人流了很多血，脑部重伤，经诊断是深度脑震荡，送来医院后一直昏迷不醒，也许要昏睡很长时间，弄不好会成为植物人，但愿有奇迹出现。医生还告诉赵芬，女人家里穷，现在只交了一千元费用，医生正在考虑她的用药问题。赵芬当即为她预交了一万元费用，并嘱咐医生一定要治好她的病，所有的医药费都由她支付。

赵芬一颗负罪的心慢慢坦然了，她决定要为那个女人负责到底。

三

来店里买花的人还是很多，摆在店门口的玫瑰花还是习惯性地每天少一枝。赵芬每次从店里看到那个小男孩担惊受怕地用小手抽走一枝玫瑰花时，心里就会射进一缕阳光，也会微微一疼。他昏迷的母亲根本就不能睁开眼睛，他还每天都要送她一枝玫瑰花。啊，这是小男孩的孝心，实在太难得了！虽然他偷了她的花，赵芬还是深受感动。

这天，赵芬正在店里摆设鲜花，邮递员送给她一封信。她带着疑问拆开信封，除了一封信，信封里还有一叠钱。信纸上的字写得很认真，却很稚嫩：

阿姨，我深深地向您道歉！妈妈出车祸住院时，我每天都偷走一枝您店门口的玫瑰花。因为我妈妈的病很严重，医生说她可能很长时间不能醒过来，除非有奇迹发生。妈妈生下我后，父亲就离开了我们，我俩相依为命，虽然家里穷，但她把我疼在心里。我发誓一定要让奇迹在妈妈身上出现！

那天，我无意中从书上看到一篇文章，说花开时会有声音，这声音是生命的律动，是心灵的绽放，它会给病人带来生存的希望……这办法也许能唤醒妈妈，但我没钱买花，那天去医院时经过您的花店，便壮着胆子偷了您的一枝玫瑰花。有了第一次，便有第二次、第三次……我每插一次玫瑰花，便轻轻地问几遍妈妈："妈妈，你听见花开的声音了吗？那是儿子对你的呼唤啊！"当我插到第40枝玫瑰花时，看到妈妈的嘴角动了一下；插到第50枝时，妈妈的眼角流出了一滴泪；插到第60枝时，妈妈的眼皮跳动了；一直等到插完第99枝，妈妈的眼睛终于睁开了！我高兴得流出了眼泪，医生对妈妈说，好人自有好报，你的亲戚为你付了所有的医疗费（我和妈妈至今还不知道是哪个亲戚暗中帮了我们），最可喜的是你的儿子让你的病出现了奇迹。我说是玫瑰花让我妈妈的病出现了奇迹。

妈妈清醒后，问我哪来的钱买来那么多的玫瑰花，我如实告诉她。妈妈哭了，哭得很伤心，叫我一定要向您道歉，把从营养费里省出来的钱拿给我，让我把那99枝玫瑰花的钱补给您。阿姨，顺便告诉您，开车撞了妈妈和我的司机心可黑了，出事后马上逃了。和那个司机相比，您真的是一位大恩人，因为您的玫瑰花救了我的妈妈！我和妈妈一辈子都感谢您，但请您原谅一个被迫无奈偷花的孩子，我向您跪下了！

赵芬看完信，泪水像断了线的珠子一样流了下来，打湿了散发着玫瑰花香的信笺。她决意去公安部门，给自己的"肇事逃逸"画上句号。

英雄女孩

苗向东

2002 年春天，黄凤的父亲黄志仁从楼梯上摔下，颈椎伤了两节，经过抢救脱离了生命危险，但颈部以下全部瘫痪。继续治疗需要 30 万的医疗费，他无力承担，只好回到了安徽蚌埠农村的老家，那年黄凤才 5 岁。

在黄凤 6 岁那年的冬天，她的妈妈看到丈夫这个样子，看到这个破碎的家，绝望了，收拾了几件衣服走出了家门。黄凤跟在后面边跑边哭，追出两里地，但妈妈头也不回，抛下了她和高位截瘫躺在床上的爸爸。回到家里，黄凤一个人缩在房屋的小角落里，她说："妈妈跑了，我就是妈妈。"从此，她就很少说话。爸爸瘫在床上无法动弹，6 岁的黄凤不懂什么叫"绝望"，她挑起家庭的重担，开始默默地独自照顾全瘫的爸爸和眼睛残疾的奶奶，她只知道要让全家人不饿肚子，让爸爸躺得舒服一点。

黄志仁自己落得这般田地，还要耽误孩子，他感到很难过，想一死了之。但"脸上停只蚊子都赶不走，更别说自杀了"，唯一的办法就是绝食。谁知，自己不吃饭，黄凤也不吃。他挨到了第三天，黄凤也滴水不进。黄凤说："我不会离开爸爸，爸爸不好，我就一直照顾你！"父女俩哭成一团。第四天，黄志仁为了黄凤，终于妥协了，他答应黄凤要勇敢地活下去。

那时，黄凤个子不如灶台高，踩着板凳做饭，不是做米饭就是做清水煮面，菜看基本只有一道咸菜。做好饭给奶奶盛完就去喂爸爸，最后剩两口自己草草吃掉。为爸爸翻身的时候，小黄凤胳膊没有力气，她只能用头顶着爸爸身体，用牙咬着爸爸的衣服来助力……给爸爸翻一个身，就要花 20 多分钟。后来医生说："长期瘫痪卧床的患者极易出现褥疮、肺部感染、下肢血液栓塞等并发症，但他统统没有，身体的各项检查结果都正常。这往往需要3个人24小时轮流照顾才可能实现，而黄凤只是一个什么医学常识都不懂的孩子，这真是奇迹。"这样的生活，黄凤坚持了7年。

虽然生活很艰辛，但黄凤没有放弃任何给爸爸治病的机会。2008年5月，黄凤用安了轮子的铁床推着爸爸到了上海，四处打听给爸爸治病的医院。从火车站到医院，黄凤推着沉重的铁车，走了整整5天，身边还跟着年迈失明的奶奶。没有钱住旅馆，黄凤和爸爸、奶奶在天桥下栖身。很难想象，这个小姑娘从11岁起就推着或拉着瘫痪的爸爸背井离乡，三次到大城市的医院求医问药，每次都要转乘三四趟车。怎么把爸爸抬上车就是个最大的困难，"我就求人帮忙呗。"黄凤对自己的经历轻描淡写，个中滋味只有她自己才清楚。

2009年7月，黄凤从电视上看到北京的武警总医院能治高位截瘫，就带着借来的一点钱，央求同乡捎带他们去北京。下了汽车，黄凤拿出随身带的木板、锤子、钉子和轮子，钉出一个木板床，拴上一条布带子，用瘦弱的肩膀拉着爸爸走上大街……

2010年4月，黄凤再次来到了北京武警总医院。根据黄志仁的病情，治疗费用需要几十万元，这对于黄凤一家而言，如同一个天文数字。武警总医院的领导在了解情况后，破例收治了费用不够的黄志仁。

在大家眼里，黄凤是个特别坚强的孩子。到武警总医院住院后，黄凤第一次落泪，吓得所有关心她的人不知所措。那天，护士长为了给黄凤的父亲提供一个更安静、更舒适的治疗环境，特意给他们调换了一间小病房。没想到，黄凤难过了一夜。第二天早上，当着医护人员的面委屈地哭了。护士长反复询问黄凤流泪的原因，黄凤都低头不语。黄志仁叹了口气，说："到了小房间，孩子就像回到安徽老家那个没有关爱的冷清环境中了。"原来，大病房里病友之间有说有笑、相互帮助，这带给黄凤很多温暖。这个从小就缺少关爱的女孩十分舍不得离开那个嘈杂的环境，她宁可有人冲她喊："黄凤，帮我拿下东西。"

中央电视台记者潘颖，曾经给黄凤拍过一个短片，她一来到病房，黄凤就跑过去紧紧搂住她——黄凤毕竟还是个孩子。但黄凤不像有些需要帮助的人那样，看到记者来了，便哭诉自己的不幸。她绝不轻易接受别人的帮助，哪怕是一瓶矿泉水。只是黄凤经常下意识地把头轻轻地靠在与她熟悉的人肩上——在这个本来应该依靠别人的年龄，她却成了爸爸的依靠。

黄志仁经过总院医生的精心治疗，病情有了很大的好转，如今已经能够坐在轮椅上了。看着爸爸的身体一天天好起来，黄凤的小脸上终于露出了微笑。现在，黄凤最大的心愿就是自己能像其他孩子一样，每天去学校上课。

黄凤在困难中成长，在艰苦中涅槃，相信总有一天她会变成一只真正的凤凰，在属于自己的天空展翅翱翔。

和母亲的最后约定

阳光若水

这是一个真实的故事。

一生操劳的母亲，从没有走出过塔河这个偏远的村庄，在行至人生的终点时，她渐渐燃起一个愿望，那就是出去看看外面的世界。在儿子王一民展开的地图上，母亲用瘦弱的手指画了一条斜线，从塔河到拉萨。王一民不明白母亲为何选择这样遥远的地方，但母亲迫切而强烈的心愿激励着王一民出发了。

从中国最北端的黑龙江塔河，74岁的儿子用一辆破旧的三轮车，载着99岁的老母亲，吱呀上路，用了两年半的时间，走到了中国最南端的海南岛。考虑到母亲身体渐渐不支，王一民打算返回家乡，以使母亲"落叶归根"。

两年多里，寒冬酷暑，冰雪风雨，还有母亲"老小孩儿"似的抱怨和挑剔，种种路况和心绪，王一民都挺了过来，而且他为自己能和母亲在一起走这么多路感到无比荣幸。

一路上，王一民的行动也引来电视台的镜头、陌生人的好奇，面对这些始料不及的关注，王一民也会觉得慌张、惊恐。但他收获更多的，是无数好心人的及时收留和援助。"世上的人把母亲和我的旅行称为'世界上最美好的同行'，也有人称之为'夕阳中的微笑'。"当王一民带着母亲返回家乡时，受到了家乡人的高度赞扬。

回家后，母亲以102岁的高龄离开人世，遗言是：希望骨灰能撒到西藏去。为了实现母亲的遗愿，悲伤平复后的王一民，以83岁的年龄，将三轮车换成有发动机的"大车"，又用了7个多月的时间，终于将母亲的骨灰撒在了西藏的土地上。

有人说，如果把这些往返路程都加在一起，大约有 5 万公里。

"人们把我抬到高高的位置上，似乎是为了证明自己不能尽孝是理所当然的。"但反复思量走过的路，回想路上的种种艰辛，王一民也觉得，"我们的旅行几乎是个奇迹。"

王一民说："我之所以能忍受所有的痛苦，是因为我必须遵守与母亲的约定，这是我能献给母亲的最后的爱心。"

他的事迹越过国境，传到了韩国。韩国作家俞贤民先生在中国考察期间，经过百般周折，最后见到了王一民，二人相谈甚欢，于是有了一本真实的书：《我要陪你去西藏——和母亲的最后约定》。

17 年寻母记

陈 正

2010 年 7 月 7 日,河北省广平县东张孟乡南张孟村一个破旧的农家院子中哭声一片,67 岁的贾书梅在离家 17 年后踏入家门。儿女们望着母亲放声大哭,"娘,我们找你找得好苦呀!"

那一刻,闻讯而来的乡亲们也喜极而泣。17 年,这份执着和孝心足可感天动地……

时光回到 17 年前,由于丈夫早逝,贾书梅带着 4 个孩子艰难生活。年龄最大的女儿自小被送到别人家中,已经二十出头的长子班发城在外打工,13 岁的班银城和 11 岁的班银娥在家中和她相依为命。

1993 年的一天,贾书梅要回娘家(广平县苏庄)看看,在知会了儿女一声后便独自上路了,没想到竟一去不归。没了生活中遮风挡雨的母亲,兄妹赶紧开始寻找,并发动全村的亲戚朋友,找遍了周边的十里八乡,结果没有母亲的任何消息,只是相熟的村民告诉班银城,"看到你娘出村了。"

生活就这样出现了残酷的转折。

吃百家饭

母亲失踪后,班家兄妹的生活更加艰难。姐姐自小寄养在外村难以自顾,哥哥为了养家在外打工,本身还是孩子的班银城和妹妹无力种田,没有吃食。班银城每天醒来的第一件事就是想着去哪里给妹妹和自己找些吃的,"饿个三两天都是家常便饭,当时就是一个念头,只要妹妹能够有口饭吃,我就知足了"。

周边的邻居看到兄妹可怜，不时地接济二人，今天东家给块馍馍，明天西家送碗热粥，小银城带着妹妹苦熬着日子。

冬天到了，为了取暖，班银城兄妹在村子周边捡枯柴。将捡来的枯柴点燃，在旁边用枯草再铺上一个简单的窝，两个孩子就这样抱在一起取暖，经常是天还没亮就被冻醒了。

转眼间春节来临，听着各家各户喜庆的鞭炮声，想着自己生死未卜的母亲，班银城兄妹蜷缩在家中黯然泪下，"娘，你究竟去了哪里？妹妹，哥哥发誓只要我活着一天，一定要找到娘！生要见人，死要见尸。"

苦苦寻母 17 年

春节过后，亲戚那里传来一个线索，在武安市母亲有一个姑姑，那里可能会有母亲的线索。班银城决定去武安寻找母亲，那年他刚刚 14 岁。

姐姐家 5 元，舅舅 6.4 元，本家叔叔 8.3 元，邻居大娘 2.5 元……怀揣着东拼西凑的 22.2 元钱，14 岁的班银城第一次踏上了寻找母亲的道路。

这条路他走了 17 年。"妹妹安置在姐姐家里。花了 4 元钱到了邯郸市，不敢乱花钱买吃的，在火车站人家看我可怜给了两个馒头、半碗面条，连讨带要到了武安"。一打听，母亲的那个姑姑早已过世，一家人也搬离了当地，小银城扑了个空。在寻找的过程中，班银城听说在涉县更乐镇一个砖场附近有一位迷路的中年妇女，班银城再次动身赶往更乐镇。下车后的小银城身上仅剩下一元钱，买了几毛钱的冰块解渴止饿后，小银城开始打听那个女人的下落。但是他再次失望了，那人不是母亲。

身无分文、饥寒交迫、走投无路的小银城只好在那个砖场留下打工。一个月后，怀揣着 53 元工钱的小银城又到了邢台，边打工边找母亲。两个多月没有任何消息，无奈之下班银城回到了老家。

过了一年，班银城再次背起行囊踏上了寻母之旅，他坚信母亲一定还活着，一定能找到。每到一个陌生的地方，他先是找一份短工，在工作之余寻找各种关于母亲的信息。3 年多里，班银城的足迹踏遍了山东、河北、河南、山西，只要哪里出现一点有关失踪妇女的信息，他都会不辞辛苦地赶到。但是一次次乘兴而去，却又一次次败兴而归。

哥哥班发城和他商量，在外找一份挣钱多的工作，专门挣钱供弟弟寻找母亲。为了多挣钱，班发城到邯郸西部山区一家煤矿当了矿工。"哥哥干的活，当地人叫作'吃着阳间饭，干着阴间活'，但凡有点生计的人都不会去。但没办法，这个挣钱多，哥哥自己也说，只要能找到娘，就是搭上这条命也值！"班银城眼中噙着泪花对记者说。

得到哥哥经济支援的班银城，将寻母的目标放在了一些大的城市，郑州、安阳、驻马店、威海、青岛、邢台……其间，银城也成了家，家里哪怕收入 10 元钱，银城都会用于寻找母亲。在极度的不理解中，结婚一年不到，妻子便弃他而去。

寻遍千村做货郎

为了寻找母亲，班银城经常风餐露宿。多年的寻找让班银城意识到，母亲不识字，在大城市寻找难见成果，求助媒体母亲也未必能够看到。班银城的目光渐渐地集中在了偏僻的山区村庄。

班银城进了一些针头线脑和一些小卡子等商品，在乡村边做买卖，边打听母亲下落。几年来他几乎走访了千余个村庄。"邯郸市、邢台市还有临近的安阳、濮阳的村庄我都走了一个遍，虽然不识字但是（我）记性好，只要去过的村庄，走过一遍就心里有数，绝对不会跑冤枉路。这个办法虽然笨，但很有效"。

最惊险的一次是在石家庄西部山区的那次寻找。"当时身上的钱不多了，也没有带很多的干粮，都是在山里人烟稀少的村子找，三天三夜没有吃东西，在一个山坡上昏了过去，滚下去，差点就掉入山谷里，下去就完了"。一位途经此地的老人搭救了班银城，听了班银城的经历老人感慨道："多少年没有见过你这么孝顺的后生了。"老人强留了班银城 3 天，直到他伤好才备好干粮送他上路。

班银城在寻母过程中经常碰到让他心酸的老人，一次，在石家庄北客运站他听说一个老人在站里待了好几个月找不到家。他赶到车站，看到一个 70 多岁的老人蜷缩在那里，班银城本想送老人回家，但是老人无法记起具体的家庭住址，无奈之下班银城留下身上不多的几十元钱后黯然离去。

母子巧遇

2010 年 7 月 6 日 17 时许，班银城来到了石家庄市平山县孟家庄镇一个名叫黄家湾的村庄，在村子的小桥边他像往常一样支起了摊子，一群妇女在摊前挑选货物。一位大娘问班银城来自哪里，班银城说自己是邯郸人，这个大娘指着不远处一个背着一捆柴的老人对他说："那个大娘也是邯郸来的。"他上前询问："大妈，你是邯郸哪里的？""广平县。""广平县什么地方？"班银城紧张地问。"广平县东张孟乡南张孟村。""您娘家是什么村的？"班银城的眼睛湿润了。"广平苏庄的。""您哥哥叫贾书田，您叫贾书梅？"

老人很诧异，"你怎么知道？""妈，我是你儿子，我找你找得好苦呀！"说到这里，班银城双膝跪下，一把抱住了母亲。"你是发城？""不是，我是银城，你的小儿子。"老人的泪也下来了，看到这一幕，桥上、村边的村民都轻轻地擦拭着眼中的泪水。

第二天，天空落着细雨，67 岁的贾书梅在离家 17 年后再次踏入家门。

后记

刊登班银城 17 年寻母的故事后，许多读者打来电话表达对班银城的钦佩，也有众多的网友和读者来电表达了他们的疑惑，为什么当年 50 岁的贾书梅清晰记得家庭的详细地址却没有回家，也没有和家里的人联系，贾书梅老人失踪的背后究竟又有什么样的隐情？

"母亲当年并不是走失，是被同村的一个村民给拐骗的。"班银城的声音中带着不解和怨气。

据班银城讲，刚刚接回母亲的时候，母亲一直对家人说因找不到回家的路，一路乞讨才到了后来生活的村庄。但是，在家人的再三询问下，贾书梅才讲出了实情。当年，贾书梅想挣些钱养活子女，同村的一个村民说能在石家庄平山县给她介绍一份工作，没有和子女商议，贾书梅便和这个村民一同前往了平山县。转了多次车，她来到一个偏僻的山村黄家湾村。

"到那里后也没有给我介绍什么工作，就给我找了一户人家。我也想过回来，放不下孩子，可是那个人（后来的丈夫）看得紧，我谁也不认识，也不知道该找谁求助，就在那里待下了。"

贾书梅说她也试图回家，但是遭到了对方（后来的丈夫）的拒绝，再加上所在的山村地处偏僻，交通不便，一直没能回家。为了让贾书梅安心在当地过日子，后来的丈夫第二年抱养了一个婴儿，在照顾孩子的忙碌中，贾书梅竟一去 17 年。

请系上保险绳

李桂芳

女老师正在神采飞扬地讲课。学生们大张着眼睛，如一群饥饿的小鸟，正翘首期盼着鸟妈妈的哺育，又像一株株干枯的禾苗，正渴望着雨水的滋润。

刘雅的目光本来也是紧紧追随老师的，像一盏明亮的聚光灯。可是，突然，她不经意瞥见了窗外的那个女人——对面教学楼外高高的脚手架上，一个女人正在吃力地攀爬。刘雅的心随着她艰难的攀爬，被牵扯得越来越疼，像被尖利的钢针刺着一样。

深秋的风肆虐地刮着。女人背上吊着一根细细的保险绳，这让刘雅稍感安慰。她沿着纵横交错的脚手架，左一下，右一下，屈身，展臂，弯腰，终于爬到了终点。

在那儿，一只涂料桶正从空中吊下来，晃晃悠悠，像飘荡的秋千。女人手疾眼快，左手抓住脚手架，右手抓住晃荡的桶，将它稳稳放在自己脚边的木板上。然后，女人站在木板上，竟小心地解开了背上的保险绳。她左手抓着脚手架的钢管，右手麻利地拿着一把大刷子，弯腰在桶里蘸了涂料，挥手在墙上涂抹。左一下，右一下，刷子不停地挥舞，女人像一个豪放派画家。片刻，墙上就是白晃晃的一片。

刘雅的心悬起来，高高地悬到了半空里。她害怕女人从那七层楼高的脚手架上突然飘下来，像一片落叶。

这样想着，刘雅的心被撕裂似的疼起来。她的眼前出现了另一个女人的形象，那个与她心心相系的女人，那个让她放心不下的女人。

想着想着，刘雅的泪水就像一眼刚刚开掘的泉水，汩汩地涌出来。开始时无声无息，后来就控制不住地有了嘤嘤的声音。她索性趴在桌上，任那泪泉肆意地涌流。

"刘雅，你怎么了？怎么哭了？"所有的目光都被那嘤嘤的哭声吸引过来，刘雅被罩在惊诧和关切的目光里。女老师温柔地走上前，轻轻拍拍她抽动的双肩，爱怜地问："是哪里不舒服吗？要不要送你去医务室？"

"不了，我自己去！"刘雅终于勇敢地抬起头，老师看到一张满是泪水的脸。刘雅擦了一把泪，在老师关注的目光里走出了教室。

她并没有去医务室，她只是心病。那块心病，多少年都无法根除。她跑到学校的电话亭，快速拨通那个熟悉的号码。那边传来一个女人温柔的声音："小雅，有什么事吗？妈妈正在脚手架上忙着呢，说话不方便，等会儿打给你好吗？"

"不，我就要现在跟你说话！"长这么大，刘雅第一次在电话里那么放肆地跟母亲撒娇。

"你怎么了，小雅？"母亲听出刘雅的哭声，紧张地问。

"妈妈，你系保险绳了吗？"

"没有呢，系了绳子，干活碍手碍脚的，不系，干得快一点。"母亲平静地回答。

"不，你赶快系上保险绳，赶快！"刘雅在电话里冲母亲吼道，"妈妈，你知道吗，今天，我在学校里看到一位跟你差不多年纪的阿姨也在脚手架上，她也没系保险绳，我担心死了！你竟然也没有系吗？妈妈，你快系上吧，我害怕！"刘雅的哭声在电话里那么凄厉无助，像深夜里无法归家的孩子的哀哭，撕心裂肺。

"妈妈知道了，我马上系，我听你的！小雅，妈妈的乖女儿，你长大了！妈妈真为你高兴啊！"母亲在电话那头的声音哽咽起来。

"妈妈，为了小雅，你一定要记得系保险绳，每天都系，好吗？少挣点钱没关系，妈妈，我再也不乱花钱了，不要手机了，不穿名牌衣服了，我只要妈妈好好的，永远和我在一起！"

"妈妈知道了，为了小雅，我每天都系保险绳，一定的，你放心！小雅，衣服穿厚点，天冷了，别冻着！"

妈妈的声音那么温和可亲，像深秋里那一抹暖暖的阳光。刘雅听着，抹把泪，说："妈妈，我知道，你也一定多保重！我要你好好的，我们都好好的！"

那天中午，刘雅特地去了工棚，找到那个女人。她羞涩地笑着说："阿姨，我是这个学校的学生，上午看你在脚手架上没系保险绳，我好替你担心，真危险呀！请你以后系上保险绳，好吗？"

　　"为什么要对我说这些呢？"女人满脸沧桑，眼角的皱纹刀刻一般。

　　"因为，我妈妈也跟你一样，在脚手架上干活；因为，你也有疼你的孩子。"刘雅动情地说。

　　下午，刘雅特地朝对面教学楼张望，那个女人果然系上了保险绳。女人背影单薄，她脑后飘散的头发在秋风里轻轻飞舞。

　　刘雅看着，泪又来了。

悲怜上帝的小女儿

项丽敏

对于四岁的小女孩波莱特来说，妈妈的消失就像一个大骗局，一个所有人串通在一起欺骗她的恶作剧。他们都说妈妈在车祸中死了，去了一个名叫"天堂"的地方，再也不会回来了。也就是说，四岁的波莱特在此后的日子里，将再也看不到自己的妈妈，听不到妈妈的声音，闻不到妈妈身上的味道，不能被妈妈搂在胸前安恬入梦了。

波莱特不相信妈妈真的已离她而去，妈妈怎么能舍得丢下她呢？妈妈说过要陪伴她成长，要永远和她在一起的。

波莱特抱着自己最喜欢的布娃娃，就像妈妈曾经将她紧紧抱在怀里那样，长久地坐在没有人的野地里，等着妈妈从路的尽头走过来，走到她身边。波莱特有时小声、有时大声地喊着："妈妈，来吧，这里没有别人，你可以来了，为我而来……"

四岁的波莱特和那些突然遭遇心灵灾难的大人一样，将自己封闭起来，拒绝接受妈妈死去的事实。波莱特沉溺在自己漫无边际的悲伤里，也沉浸在自己的想象里。在想象中，妈妈是去了一个非常美丽的地方，那里有一座金瓦红墙的城堡，有七彩的牛羊。波莱特告诉表姐，她每天都能看见妈妈，"我晚上和妈妈住在城堡里，白天才在这里。我更喜欢晚上。"

波莱特像一颗孤独的小星星，在黑暗的天空里悬挂着，忧伤着，固执地守望着。没有人能亲近她，因为没有人能真正懂得一个失落了整个世界的小孩子的恐惧与悲伤。

波莱特对妈妈的想念并没有将妈妈唤回身边，甚至梦中也见不到妈妈了。波莱特失望极了，但她仍然坚持每天去野外等候妈妈。她的手里拿着小松果、小草、小花，那是她想献给妈妈的礼物。这些礼物虽然都不起眼，但她知道妈妈会喜欢。可是，天黑了，妈妈还是没有回来。

一次次的等待、呼唤，换来的是一次次的失望，再也没有比这更叫人伤心的了。

爸爸觉得波莱特是疯了。整天在野外等着一个已经不在世的人，饭也不想吃，这一定是疯了。爸爸很生气，爸爸生气还因为波莱特一心只想念死去的妈妈，对活着的他却一副不在意的样子。

波莱特当然是在意爸爸的。她整天独自一个人待着，等待和呼唤妈妈，不过是想弄清一件事：妈妈到底去了哪里？

一个四岁的孩子，对"生"尚不能有足够的认识，又怎么能认识"死"呢？其实何止是小孩子，就算一个成年人，对生与死的认识不也是模糊欠缺的吗？生就是生存，死就是消亡吗？似乎是，又似乎不是。

爸爸决定把波莱特送到学校去，也许学校的集体生活能让她活泼开朗起来。

波莱特在学校里有了新的伙伴，但她还是愿意独自待着，怀里抱着布娃娃，大大的眼睛里满是忧伤。波莱特学会了在"上帝的房间"（祈祷室）里做祷告，把自己的心愿告诉上帝。"全能的上帝，你知道我妈妈死了，她在你那里。我想跟妈妈说话，让她跟我说话吧。"波莱特跪在耶稣像前，双手合十，带着哭腔奶声奶气地祈祷着，请求着。

《悲怜上帝的小女儿》拍摄于1996年，据说饰演波莱特的小演员维多丽娅·希维索凭借这个角色获得了当年威尼斯电影节的最佳女主角奖，成为电影史上最年轻的影后。当年和维多丽娅·希维索角逐影后的那些明星运气真是不好，竟然输给一个连"表演"是怎么回事都不知道的小孩。

电影从一开场就将镜头锁定在波莱特身上，跟随她生活的每一个细节，以纪录片平铺直叙的手法，纤毫毕现地表现了一个失去母亲的孩子幼小心灵上的伤口。这部电影以儿童的视角审视了生命、死亡，甚至也审视了宗教。一个说话尚口齿不清的孩子，当她半夜从床上爬起来跪在"上帝的房间"里，当她做出种种努力渴望成为上帝的女儿，渴望通过万能的上帝来和妈妈对话（为了向上帝证明自己是个勇敢的孩子，她甚至愿意将自己关在垃圾箱里）——假如上帝真的存在，他就不能够无动于衷。但是波莱特仍然得不到来自上帝的回答，也得不到来自妈妈的任何声音。

上帝没有显灵，这让波莱特再次失望，寄托在上帝那里的希望变得渺茫了。

孩子的世界是纯真的、可爱的，但有时孩子的世界也像大人的世界一样残酷。有个喜欢恶作剧的小男孩对波莱特说，一个人的妈妈死了，是因为孩子太坏。波莱特原本脆弱的心理此刻完全崩溃，"如果我的妈妈在，你就不会这样说了，你真坏。"波莱特本能地伸出手去抓小男孩，但她显然不是小男孩的对手。她跑到自己的角落，像一只被子弹射中的鸟，悲伤欲绝地哀鸣着。

波莱特怀疑真的是自己做错了事才让妈妈死去了，她对自己有了莫名的自责。夜晚，她睁着满是泪水的眼睛来到表弟的床前，呜咽着说："你杀死我吧，我想死，我想从此消失，去妈妈那里……"

在大人的眼睛里，孩子的悲伤与恐惧总是微不足道的，甚至是荒唐可笑的，他们忘记了自己小时候经历过的胆怯，忘记了自己曾因为一个噩梦而哭泣得昏厥。而实际上，一个失去母爱庇护的孩子，当她生命的安全感失去了来源，对于这个世界的恐惧感也就无时不在了。

在电影中，波莱特周围的人大多是和善亲切的，他们的怀抱总是向波莱特敞开着，就连小小的表弟也学着大人的样子，不停地亲她，拥抱她，仿佛要把自己的快乐传导进波莱特的身体里，但是这些都不能使波莱特真正地开心起来。也许只有时间这味良药，才能将她失去妈妈的创伤慢慢抚平。

这部现实主义的电影，在结尾的部分突然变得超现实起来，有了出乎意料的戏剧性。

悲伤的波莱特拿着同学给她的"魔术糖果"，穿过和她一样高的野草来到妈妈的墓地。同学说只要把"魔术糖果"给妈妈吃下去，就能让妈妈活过来。无论怎样，波莱特愿意试一试，而这也是她最后的办法和希望了。

可是怎样才能让妈妈吃到糖果呢？妈妈被埋在地下，那么深，波莱特够不着她。波莱特跪在墓前，用双手一下一下地挖着泥土，她企图用自己的小手将妈妈挖出来。"妈妈，我来了，妈妈……"波莱特一边挖，一边用她那带着哭腔的稚嫩的声音呼唤着，仿佛要将沉睡在泥土下的妈妈唤醒。当挖累了的波莱特像一只疲倦的小猫，四肢着地趴在妈妈墓上时，奇迹出现了，穿着黑色大衣的妈妈果真来到了波莱特身边。

妈妈弯下腰，用双手抱起波莱特："嘿，这个闻着像糖果的孩子，是我的傻女儿吗？"

妈妈看起来和生前没有两样——脸上笑眯眯的，没有愁容也没有痛苦。妈妈将波莱特抱在怀里，亲吻着，说自己确实是被波莱特一遍遍的呼唤叫醒的，妈妈知道波莱特日日夜夜都在想念和悲伤中，很是不安，因为这不是妈妈希望的。

妈妈说自己很抱歉，在生命的最后时刻没有努力挣扎着活下来，这对幼小的女儿来说确实是很残忍的，也很自私。

和妈妈在一起的波莱特看起来就像一朵幸福的小太阳花，她不停地抚摸着妈妈的脸，似乎要分辨这是梦境还是现实。她大大的眼睛里终于放出了快乐的光彩。妈妈像生前一样和波莱特追逐着，玩耍着，用游戏的方式告诉波莱特：一个人只要拥有美好的记忆，就不会失去对亲人的爱；一个不在世的人只要还被亲人放在记忆里，也就和活着一样了。

电影最后部分的母女重逢应当是导演有意安排的"太虚幻境"。上帝一般的导演，用这种手法告诉像波莱特一样悲伤的孩子（包括悲伤的大人）——对逝者最好的怀念就是勇敢地、健康地生活下去，不要过度沉湎于悲伤，不要惧怕未来的生活，"活着就要尝试各种事情，要在乎生活。"

波莱特的爸爸开车来墓地寻找她。妈妈将一件红色的毛衣（象征快乐）穿在波莱特身上，对她说自己以后将不再出现了，因为自己已经是死去的人，对生者的造访就是对他们生活的打扰。妈妈说她会看着波莱特和爸爸在一起的生活，"别忘了我的爱，波莱特，要学会快乐。"

"要在乎生活，要学会快乐。"这是电影最后的台词，是妈妈对女儿波莱特的叮嘱，也是导演，或者说上帝对所有观众的叮嘱。

我们共有一种奇异的忧伤

子 沫

一

前几天，突然接到朋友戴明的电话："我来上海出差了，不过是带着父亲来的。"我很意外，一个大男人，不像是他的风格。果然，戴明无奈地说："没办法，父亲要跟来的。"

我哈哈地大笑起来，我想象着他们父子同居一室的感受以及相互之间的不自在。

没想到一周后，接到戴明从北京打来的电话说："想听听我的故事吗？"

那一天，我准备到上海出差，回家取身份证订机票，正碰上父母斗气。父母是一辈子吵吵闹闹的夫妻，母亲的脾气不太好，属于很好强的那类女人，而父亲则缓和一些。父亲偶尔的沉默被母亲絮絮叨叨地一说，吵架是免不了的。那一天，父亲坐在书房里发呆，见到我回来，有些怯怯地跟我搭腔："你是一人出差吗？要不我跟你一起出门一趟，我还真想出去走走。"我有些意外，跟父亲单独出门，是我想都没想过的。小时候，大多数男孩和父亲会很亲近，但长大后会有隔阂，有陌生感，很少有话讲，更别谈一起出门了。看出了我的犹豫，父亲说："要不方便就算了。"

我最后居然同意了父亲的提议："我多订张机票吧，出门也有个照顾。"

真的就这么带着父亲上路了，我实在是想不起来我们有多久没这样单独近距离地待在一起了。一起坐飞机，一起坐出租，一起住酒店。一路上我们没什么话，我懒得开口，父亲也没找话讲。

到上海后，我去处理事情，临走时对父亲说："你先在房间里休息一下，晚餐我们一起吃吧，请你喝一杯。"父亲露出了笑脸，"好啊，早想喝一杯呢。"父亲喜欢喝点小酒，但母亲不让他喝，说对身体不好，他也从不抗拒。在家里，他是听话的小孩。

那天，我事办得很顺利，提早回到宾馆，带父亲去吃海鲜。在外滩找了一处安静的临江餐厅坐下来，我熟练地点了牡蛎、虾子和青菜，还点了一壶清淡的梅子酒。父亲一见到酒就露出了开心的笑容。不过，他还是有些局促，毕竟是第一次和儿子单独在外面喝酒，不自在，而且是背着母亲，有偷偷摸摸之嫌。

二

对面的父亲穿着一件大圆领白汗衫，头发梳得整整齐齐，但岁月已在他的脸上留下了痕迹。我看过他年轻时的照片，他那时是个帅小伙，身材清瘦修长。人就这么忽然之间老去了，让人感叹岁月的流逝。几杯酒下肚，父亲脸上有些红润，话才开始多了起来。他跟我谈起了他年轻的时候，说那时他可是很引人注目的，形象好，人也踏实，很多姑娘都对他有好感。他这些话引起了我的兴趣，父亲平日是个沉默的人，今天要不是喝了酒，不会扯起这些话题。我索性对他说："爸，谈谈你年轻时感情的事吧。"这是男人之间的话题。父亲没有迟疑，呷了一口酒，谈起了他的初恋：那个女孩很温柔，说话声音很轻，一条长长的辫子拖在背后，喜欢穿淡蓝色的素净连衣裙，打着伞，走在江南的小巷里，真是美极了，就像戴望舒的《雨巷》里描写的那样。父亲这样的开场白让我多少有些意外，我断没想到父亲还会有这样的诗情画意。

父亲是江浙人，大学考到了北京。他每年放假都回家乡的江南小镇，和他的"丁香女孩"有一些甜蜜的交往。他说每年开学，丁香女孩都要送他很远。有一年开学时，江南下了很大的雨，那个女孩顶了一把大荷叶，一路跟着火车跑，那样的场景一辈子留在了他的记忆里。再后来，他留在了北京，结婚生子，和"丁香女孩"断了联系。他说那时他被大城市吸引了，繁华遮挡了一切。男人年少时的选择跟成年后的选择往往是不一样的，年纪大了才会觉得一个女人拥有美好的性情是多么难得的事。

三

当然，这些话是不能被母亲听到的。我知道，这么多年来，父亲受了很多的委屈。母亲脾气不好，父亲多半选择了沉默，吵架却从未断过。他对母亲的评价却令我感到意外："你妈除了脾气不好，其实是一个不错的女人，把家打理得好，把你照顾得好，只是她一辈子太好强了，所以很累。她累我也累。现在年纪大了，我总指望她能缓和一些，可是到底还是那样。我们吵了一辈子，可是现在谁也离不开谁了，这就是命运吧。"那一天的酒喝到很晚，江面上忽明忽暗，父亲脸上的表情有些模糊。我们慢慢地喝，我怕父亲喝醉，父亲却说："难得今儿高兴，多喝几杯吧，平时你妈也不让我喝的。小明，你小时候可喜欢我呢，经常骑在我肩膀上。爸爸有一次打你，打得很厉害，可你过一会儿就忘了，缠着我带你骑自行车。那时你喜欢坐在自行车的横梁上，还喜欢掌我的车把，嚷着让我加速，下坡时就哈哈大笑。那时的事我记得很清楚呢。"

多少年了，我们父子间越来越没有话讲，见面反而有一种很奇怪的羞涩。这是很奇异的感情，这一夜讲的话堆积起来可能比几年讲的都多。

父亲的确有些醉了，话越来越多，但情绪一直很好，中途我问他累不累，他摇头道："难得高兴，陪你老爸喝一杯吧。"工作后，我一直很忙，忙着恋爱结婚，忙着自己的所谓事业，甚至很难看一看父亲渐渐老去的面容。父亲其实一直喜欢女儿。我不知道父亲对我的感情，我只知道所有的父亲都是这世上最孤独的人。他们不擅长表达感情，这是我们男人共同的悲哀，父亲比我体会得更深刻一些。这时，我有些理解他了。

这一夜，我们很晚才回酒店。父亲睡了，我却点了一根烟拉灭灯坐到很晚。

四

第二天一早，我突然决定改变行程，因为事情办得差不多了。我笑着对父亲说："要不要回趟你的丁香故乡？"父亲有些意外，笑了起来："一把年纪了，人家早就嫁了，都成老祖母了，你这孩子。"可是看得出父亲眼睛一亮。

祖父母去世早，父亲已经将近二十年没有再回去过了。在车上，我能看出他的不安，大概是近乡情怯吧。这一次回去实在是个意外，下车后，父亲去老屋看了看，去叔伯大哥家小坐了一会儿。那个远房亲戚说："小明实在是个孝子啊，还能陪父亲回来看看，老人不就是怀旧吗？毕竟是老家呀。"那一天，碰巧下了小雨，青石板路上更显静谧了。我和父亲在叔伯家喝过酒，就去小巷里散步。踏在青石板路上，可以听见清脆空荡的足音，那一刻，我仿佛看到了他年轻时的模样。男人之间大概有一种奇异的忧伤，我从父亲身上看到了我的影子。

爸爸，请陪我走一走

关 月 / 译

我的妻子凯茜把我们一家四口在海滩上玩一天需要的所有东西都装进包里了。

在我们抵达海滩后不久，我们的长女凯维娜就转身面对着我，问道："你愿意陪我走一走吗，爸爸？"

"当然，"我漫不经心地回答，"让我们叫上你的妈咪和凯莉莎一起去探险。"

"不，爸爸，只有你和我，求求你。"凯维娜恳切地说。

凯维娜牵起我又老又粗糙的手，我们一起出发了。在一阵沉默之后，她开始像海洋一样把我纳入她的世界。她说："爸爸，你只听，不要打断我，好吗？"

那很容易，我想。"好的。"我说。

"我想和你一起走走，是因为我想为我的生活感谢你。"

当她的这句话进入我的耳朵时，我的脚不知被什么东西轻轻地绊了一下，我的脚步也被某种情绪拖得滞重迟缓。我张了张嘴想说点儿什么，但我想起刚刚许下的诺言，就继续沉默着，没有说话。

"如果我死了，我希望你知道我生活得很幸福，别以为我这样说就表明我要死了或者其他什么。我只是希望你知道我爱你。"

"你是一个好爸爸，你带我们到处旅行，洞穴、高山、夏威夷……到处都有我的朋友。最重要的是，我真正在像一个孩子一样生活。我的许多朋友为他们的妈妈和爸爸担心，有些则为钱担心，还有一些为他们将在哪儿居住担心，而我只担心一些属于孩子的事情。你爱妈妈和我们，我们全家是一个整体。因此，如果万一我发生了什么事，我希望你知道我为我的生活和为有世界上最好的爸爸而感谢你。现在，我们可以回去了。跑啊！"她迅速向前跑去，留下一串笑声。

我调整好情绪，嘴里咕哝了一句祈祷词。我努力想跑，但是我跑不了，要跟上她实在太困难了，因为我的视线被泪水遮住了。

陪总统父亲到日落

〔美〕帕蒂·戴维斯

1994 年，当父亲里根向全世界宣布自己被诊断为老年痴呆症时，他已经 83 岁了。他在信中写道："现在，我已经开始走向生命中的日落旅程。"

我接受了父亲的生命已接近尾声这一事实。老年性痴呆是一种很痛苦的死亡过程：越来越缓慢，越来越残酷，还消灭所有的记忆。

我尽可能陪伴父亲。在其后的两三年时间里，我把图画书带到父亲身边——通常是一些自然类书籍。有一天，我带去一本关于狼的书。每一幅图片，我都编了一个小故事——这些幼狼正等待着它们的妈妈带回食物；这只幼狼刚睡醒……当我们看完这本书后，父亲又翻到书的开头，希望重新开始冒险历程。

我仿佛被拉回到了自己的孩提时代。那时，父亲用神奇、美妙的故事深深吸引着我，让我如痴如醉……

这一天终于降临了——父亲再也想不起我是谁。此前，我还始终抱着一丝父亲还能认出我的侥幸，然而就在那天，我清楚地知道，自己已经被父亲彻底遗忘了。

我站起来，让父亲独自待一会儿。我吻了吻父亲的面颊，说道："再见，我爱您。"

父亲在以往任何时候都回答"我也爱你"，然而这次他却没有。他满脸困惑，然后说道："谢谢你，非常感谢你。"

这本该是令人悲哀的时刻——在你意识到老年痴呆症已经把你从你所爱的人的记忆中偷偷挖走的那一刻。然而，事实却并非如此。我从父亲的角度来揣度这一时刻，我强烈地感受到了他的善良。如果我很自私地看待这件事，我将失去发现父亲的心地有多么慷慨与善良的机会。

因为我是父亲的女儿，我的内心也充满了感激之情。

两颗心，心连心

辛献云 / 译

有那么一小会儿，我没有去想妈妈，却有其他人或事让我想起她。这时首先映入我脑海的形象，还是我十岁时看到的她的样子。她走在大街上，穿着一件花格外套，提着一两个购物袋。我站在起居室的窗户旁，看着她越走越近，等到能看清她的脸时，我就从房子里冲出去，跑着去迎接她。她笑着招呼我，我感到心里一下子温暖起来。有时我会从她手里接过一个袋子，有时她不让我帮她，但不管怎样，我都会用手挽住她的臂弯，和她一起走完剩下的路。

这个情景我铭刻于心，因为这就是我们母女关系的一个缩影：两人相依为命，共同克服生活给一个女人——一个被丈夫抛弃、独自抚养女儿的女人带来的所有艰辛和困苦。

在我的记忆里，有很多这样难忘的情景。

我家的房子位于一个拐角处，所以每当我离那个拐角还有半英里时，就能看到我家窗户里的灯光。我知道，在那灯光下，妈妈正在厨房里忙碌着，或者，在后来的几年里，正坐在那个大大的扶手椅里，等待着前面走廊上传来我的脚步声。

我和她——我的母亲，我亲爱的朋友，我生命的伴侣——总有相视一笑的默契，总有分享快乐的一瞬。

我还记得她拿着铁铲或者铁耙，弯着腰在院子里劳作。她要做的，不仅是照料娇嫩的鲜花或刚刚发芽的蔬菜，而且要刈草、剪枝、耙土，以及将大袋大袋色彩鲜艳的树叶拖到路边。一年夏天，我曾看到她将六棵八英尺高的松树锯成小段，用的只是一把锯肉用的小锯，因为那锯子小，她能拿得动。

小时候，我常常为她撑开装树叶的袋子，好让她往里面装树叶。后来我就可以和她并肩劳动了。再往后，我就接过了这个活计，直到后来雇了一个人专门来做。但她还是喜欢"视察她的地产"（她常常这样自嘲），这里剪个枝条，那里拾张废纸，我在旁边搀着她的一只胳膊，以防她摔倒。但到后来，就连这个，她也做不了了。

日子就这样年复一年地过去：一个圣诞节接着一个圣诞节——圣诞树一年比一年小，最后终于完全消失，只剩下两个裹着红色天鹅绒的天使迎接圣诞的到来；一个生日接着一个生日——生日蛋糕也一年比一年小，倒是卡片上的情感表达一年比一年多，一年比一年喜忧参半。

我俩都曾经幻想着我能过上一种与她完全不同的生活，一种能与她分享的充满成功的生活，然而这样的成功只有少许几次。不过即使生活中充满了伤心之事，也没有多大关系，因为她同样帮我分担痛苦。她给了我笑声、智慧和无尽的爱。

她老了。每天早晨天还没亮的时候，我就会醒来，偷偷去看她一眼，以确定她还有呼吸。我刚出生时，她对我也是这般关心，如今正好构成一个完美的轮回。

有时在傍晚，我们会坐在一起读书或看电影。我抬起头来，看着她沉浸在故事中，或者安静地打着盹，我就会想：这样就足够了。

现在她不得不离开我们的家，她走后，这个家对我来说就只是一座房子了。我去了她住的地方，坐在她身旁。看着熟睡中的她用虚弱的手抓着我的手，我终于意识到：这是不够的，对她来说是不够的。

"两颗心，心连心，"她过去常常这样开玩笑，"一颗心受伤，另一颗也会流血。"是的，但到最后，一颗心总会离开，而另一颗心还要继续跳动。

我喜欢想象还有来生，尽管我不敢肯定，也没有感受到由此带来的慰藉。我还是觉得，那么多的爱，那么多的能量，一定有一个归宿。我喜欢听人们讲述有关隧道的故事：穿过隧道，看到白光，就会在"那一边"见到自己心爱的人。

虽然生活就是如此，我却不敢肯定妈妈一定会先我而去。说不定我会走在她的前面，因为对失去亲人的预知如千钧重担，足以把我压倒。

不管发生什么，我希望人们讲述的故事是真的：我们还会见面。如果再见，我知道我们还会相视而笑，正如我们上辈子那样：我还小，她还年轻，希望所向无敌。我们的心会一起澎湃，一起走完剩下的路。

想念父亲

阎连科

病

回忆起来，似乎自我记事伊始，在那段无限漫长的年月里，我家和许多家庭一样，家中的日月，都不曾有过太为暖人的光辉。父亲早年的哮喘病还没有治愈时，我大姐又患上了莫名的病症。为了给姐姐治病，家里把准备盖房的木材卖了，把没有长大的猪卖了，把正在生蛋的鸡卖了。哥哥15岁就到煤窑下井挖煤；二姐14岁就拉着车子到山沟里拉沙石，然后按一立方米1.5元的价格卖给镇上的公路段或水泥厂；我在13岁时，已经是建筑队很能搬砖提灰的小工了。

在很多年里，父亲的病被放在一边，给姐姐治病是我们家的生活中心。大姐手术时，因买不起血浆，父亲、母亲、大哥、二姐和我都站在医院门口等着被抽血。我亲眼看着大哥的胳膊伸在一张落满苍蝇的桌子上，一根青冷白亮的针头插进他的血管里，殷红的鲜血就沿着一条细管子一滴滴地落进一个瓶子里。那个空瓶里的血浆随着大哥的脸色由黝黑转为浅黄，再由浅黄转为苍白，而从无到有、由浅至深。到一瓶将满时，医生望着我大哥的脸色说，你们家人的血型都合适，再换一个人抽吧。大哥说，我妈身体虚，父亲有病，还是抽我的吧。医生说，抽你妹的吧，你的抽多了身子就要垮了呢。大哥说，她是女娃儿，就抽我的吧。医生说，你弟呢？大哥说，就抽我的吧，弟还小，还要给人打工干重活。然后，医生就把插入血浆瓶里的针头拔下来，插进了另一个空瓶里。

那一年我好像已经14岁，也许15岁。总之，我年少敏感，已经开始了对命运的触摸和感叹，像出生在秋后的芽草过早地担心将要到来的冬天的霜雪一样，不及长成身子，就有了浑身的寒瑟。盯着血浆瓶里的鲜血在不知不觉中渐渐地增多，听着血液安静而清冷地滴答和瓶壁上的血泡在阳光下嘭啪地明亮生灭，望着哥哥苍白如纸的脸，那一刻，我体会到了哥哥的不凡，也隐隐感觉到，我一生都与哥哥不可同日而语的做人的品性。

罪孽

按理说，老天爷总是睁着眼睛的，似乎连他睡觉时，都还睁着一只似公不公的眼睛。或许，他害怕我家的苦难过多而累积成一种爆发的灾难——因为灾难总意味着一种结束和重新开始——所以他让我大姐饱尝了17年病痛后病状缓轻下来，继而，又让我们兄弟姐妹如接力赛一般，开始疯跑在为父亲求医问药的人生道路上。

那时候，大哥已经是每月26.8元工资的邮电局的临时投递员。他每天骑车跑几十公里山路投信送报，吃食堂最差的菜，买食堂最便宜的饭，有时候，索性一天只吃早晚两餐，把勒紧裤带节省下的钱送回家里。大姐因身体虚弱被照顾到小学教书，每月也有12元的民办教师工资。二姐除了种地、帮母亲洗衣烧饭，也不断去拉沙运石，跟着建筑队干一些零星体力活。母亲比她的任何一个儿女都更多地承受着物质上和精神上的压力：上至下地耕作，下到喂猪养鸡，外到每个儿女的婚姻大事，内至每天给父亲熬药倒痰，可以说，父亲的生命，几乎全都维系在吃药和母亲的照料上。所以母亲每天少言寡语，总在默默地承受，默默地支撑。

1982年冬，父亲的病愈发严重。那时我已经是个有4年服役期的老兵，是师图书室的管理员。家里在窘到极处时，父母想到了我，想到了部队的医院。这一方面是因为部队医院隐含着一定的神秘性，另一方面，也是考虑到部队医院可以周旋着免费。于是，我请假回家去接了父亲。记得是哥哥把我、父亲和母亲送上了洛阳至商丘的火车。火车启动时，哥哥在窗口和我告别说："父亲的病怕是不会轻易好了，无论好坏，你都要让父亲在医院多住些日子，是医院都比家里要好。"哥哥还说："让父亲在医院多治多住，就是有一天父亲下世了，我们弟兄心里也可以少些内疚。"

我正是怀着这种心情回去接父亲的。我们天黑前下了火车，到师医院的门口时，父亲突然把我和母亲叫住，说："我从生病以来，没有正经住过医院。这部队的医院正规，设备好，技术也好，咱们坐火车、汽车，跑了这么远的路程，又没钱付账，如果人家不让住了，你们都给医生跪下，我也给医生跪下……"

我顿时哭了。

不消说，父亲是抱着治愈的极大期望来住院的。在最初的半个月，因为医院里温暖，父亲的精神也好，病似乎轻了许多。那半个月的时光，是我这一生回忆起来最感欣慰、最感温馨的短暂而美好的日月。因为，那是我这辈子唯一一次在父亲床头尽孝的两个星期。每天，我顶着北风，走二三公里路去给父亲送饭。一次，我去送夜饭时，父亲、母亲不在病房，而我在露天电影场找到了他们。见他们在寒冷天里聚精会神地看着电影，我的心里便漫溢着许多欢乐和幸福。我以为父亲的病果然轻了，赶忙给哥、姐们挂了长途电话，把这一喜讯告诉了他们。父亲也以为他的病有望治愈，在看完电影回来之后，激动而又兴奋，说他多少年没有看过电影了，没想到在冬天的野外看了一场电影，也才咳了几次。

然而，3天后下了一场大雪，天气酷寒，父亲不吃药、不打针就不能呼吸，而打针、输液后，呼吸仍然困难，终于到了离不开氧气瓶的地步。于是医生就催我们父子尽快出院，一再地催促着出院，害怕父亲在医院的病床上停止呼吸。父亲也说："不抓紧回家，怕'老'在外边。"这就结束了我一生中不足一个月的床头尽孝、补过的日子。

回到家，农村正流行用16毫米的电影机到各家放电影，每包放一场10元钱。电影是当年热遍全国的《少林寺》。我们一家都主张把电影请到家里，让父亲躺在床上看一场真人飞檐走壁的《少林寺》。看得出来，父亲也渴望这样。可把放映员请到家里时，母亲又说："算了吧，有这10块钱，也能让你父亲维持着在人世上多活一天。"这样，我们兄弟姐妹面面相觑，只好目送着那个放映员和他的影片又走出我家大门。这件事情，以后每每想起，我的心里都有几分疼痛。给父亲送葬时，我的大姐、二姐都痛哭着说，父亲在世时，没能让他看上一场他想看的电影，然后她们都以此痛骂自己的"不孝"。我看见哥哥听了这话，本已止哭的脸上，变得惨白而又扭曲，泪水横流下来。于是，我就知道，这件事情在哥哥和大姐、二姐心里留下的懊悔的阴影也许比我的更为浓重。

清欠

现在，可以清算一下我欠父亲的债务了。

先说一下我没有花那 10 元钱让父亲看一场他想看的电影《少林寺》。当时，我身上一定是有钱的。记得回到豫东军营以后，我身上还有 17 元钱。就是说，我完全有能力挤出 10 元钱包下一场电影，让父亲临走之前目睹一下他一生都津津乐道的飞檐走壁的神话和传说。为什么没有舍得花那 10 元钱呢？当然，是小气、节俭和当时的拮据所致。可是，更重要的是什么呢？是不是从小就没有养成对父亲体贴和孝敬的习惯？是不是在三五岁或者十几岁时，倘若父亲从山上或田里收工回来，给我捎一把他自己舍不得吃的红枣或别的什么野果，我都会蹲在某个角落独吞下肚，而不知道让父亲也吃上一两颗呢？我想是的，一定就是这样。因为在我参军以前，我从来没上街给父亲买过一样吃的，一件穿的，甚至，从田里回来，也没有给父亲捎过一穗鲜嫩的玉米。我倘若不是那种私欲极旺、缺少关爱他人之心的人，在有能力给父亲花 10 元钱的时候，为什么没有去花呢？

第二笔欠单，就是自己执拗地选择服役，执拗地逃离土地，从而在别人以为一切都合乎情理中改变了父亲的命运，使父亲旧疾复发，6 年后就别离了这个他深爱的世界。这是我永生的懊悔，又可以永生用许多生存、前途和奋斗的理由来搪塞、辩白。我自己总是这样搪塞、辩白，不敢直面。正是我的行为导致父亲过早下世，甚至在父亲死前不久，我头脑里出现了"只要父亲活着，我们家（我）就不会有好日子过"的罪恶的念想。这是我对父亲的第三笔欠单，是无可辩白的罪孽。

对于父亲——一个农民来说，只要能活在这个世上，和所有的亲人同在一个空间里生活，苦难就成了享受，苦难也就成了欢乐。我的父亲洞悉了这一点，体会了这一点，因此，他把死亡当作上帝对他的惩罚，可又不知道自己本分、谨慎的一生，究竟为何遭到上帝的惩罚。所以，知道自己将永别人世时，他长时间地含着无奈的眼泪，最后用乞求的口吻对哥哥说："快把大夫叫来，看能不能让我再多活一些日子……"而父亲对我说的最后一句话则是："你回来了？快吃饭去吧。"这是 1984 年农历十一月十三日的中午，我在前一天接到父亲病危的电报，第二天中午和妻子赶回家里，站在父亲的床前，他最后看了我一眼，眼眶里蓄满着泪水对我说的最后一句话，也是他对这世界说的最后一句话。仿佛父亲就是为

了等我从外地回来说下这一句，仿佛他不愿和我这样的儿子相处在同一空间里，所以他刚刚说完这话不久，就呼吸困难起来，脸上透着凄楚和哀伤，被憋成了青紫的颜色。这时候我便爬上床去，把父亲扶在怀里，帮着大夫抢救。可当父亲的头倚靠在我胸口的时候，当父亲的手和我的手抓在一起的时候，父亲便停止了呼吸。他把头猛地向外一扭，朝我的胸外倒了过去。然后，他那抓着我的手也缓缓松开，两行凄清的泪水从眼里滚了下来。这一切，不都是因为他的头贴在我胸前时，听到了我心里曾经有过的"只有父亲下世，我们才有好日子过"那一瞬恶念的回音吗？

现在，父亲坟上的柳幡都已长成了树木，20多年过去了，生活中发生了许多事情，唯一不变的就是父亲的安息和我对父亲永远的愧疚与想念。不用说，父亲安静地躺在阎姓的祖坟中，是在等着他儿子的报到和回归。安葬父亲的时候，我的大伯在规划坟地位置时，把他们叔伯弟兄几个的安息之地划出了4个方框后，指着我父亲坟下的一片地说："将来，发科（我哥哥）和连科就埋在这儿吧。"

现在，我已经明确知道，老家的坟地里，有了一块属于我的地方。待终于到了那一天，我相信我会努力去做一个父亲膝下的儿子与孝子，以弥补父亲生前我对他的许多不孝和逆行。

儿子的完美提案

冷 蓝

一

我买菜的时候常常带上儿子。他不乖，像条我随时都寻不见的尾巴。菜场人多，杂乱，他却忘乎所以地跑到鱼池那里看鲤鱼，或是干脆躲到海鲜超市那里捡贝壳。

几次回头看不到他，心里便有无名火，总觉得生活太乱了，老总三番五次要求加班，金融危机时代人人自危，那么多人看着一个饭碗，不能拱手让给别人，必须努力做好自己的事；儿子的班主任发过几次短信，带着情绪指出儿子在学校里的缺点，很有点儿噎人的味道； 还有物业费变相涨价，放在楼下的自行车莫名其妙地丢失，楼下邻居养的一条狗常常看到我就狂吠，吓我一跳……

这些不满总会归结在某一个点上爆发， 比如现在， 把儿子从卖泥鳅的摊位揪出来后， 就劈头盖脸一顿责怪，儿子低着头不说话。卖鱼的倒是看不下去了，说道："大姐，这就是你的不对了，何必跟小孩子较劲呢。"

回到家，我余怒未消，检查儿子作业时，发现他又漏下了一篇作文没写，气呼呼地不想理他。他也不介意，一个人躲在屋里补作文，半小时后，作文写出来一部分，先拿给我看。老师布置的作文题目是《我的奇妙想象》。不知道他从哪里看来的描述方式，在作文本上这样写着：她是个疯子，整天疯疯癫癫地在菜场跑来跑去，今天拿别人一点菜，明天又抢别人一头蒜，为此她的亲人伤透了脑筋，但是他们对她很好，尤其是她的儿子，是一个卖鱼人……

我没看第二页，"哗啦"一下把他的作文本扔到桌子上："你就这样写？"

他撇撇嘴没有说话。我翻出给他买的教辅读物，我指着那上面的例文说："看看别人的，好好反省一下自己。"没想到他叛逆，撇撇嘴说："假、大、空。"

二

老总对设计部的草稿极不满意，指出设计与他当初的意图简直就是背道而驰，在会议上将设计稿狠批了一通，然后严厉地说："像你们这种工作态度，五一长假都不能给你们放。"

整个设计部的人灰头土脸地回来，每个人的心情都不好。恰恰此时，我的手机来了短信，是老师发来的：家长你好，我们决定在这周举行一次家长会，时间是周四下午两点，希望大家不要迟到。

头疼的事纷至沓来。儿子的家长会上，我往往是最抬不起头来的一个。他的学习成绩不好，但是捣乱的事情一招比一招新鲜，老师很含蓄，批评某个同学从来不提名，但是家长们仿佛都知道是我，常常有人向我投来含笑的目光。

回家，我有些魂不守舍地上楼，没料到，突然一声狂吠吓到了我，还是楼下邻居的狗，若在往日，躲躲也就过去了，但是正在气头上的我，没好气地冲它大吼一声："滚！"一个尖厉的声音很快从屋里飘出来："让谁滚呢？"是女邻居。

等儿子到来时，我已经和女邻居吵在了一起。楼道本就不宽，加上三两个看热闹的人，我们在其中几乎脸对着脸地痛斥对方。很久，我才发现儿子怯怯地扯我的衣角，这才恨恨地上楼。

给远在外地学习的老公打电话。打着打着，我不由自主地哭了起来……

三

家长会照例是孩子的教育，家长的配合。说着说着，不知怎么，就转到了孩子的表现上来，班主任说："有时候，我们觉得自己是孩子的老师，殊不知他们有时也可以当我们的老师，下面是一篇作文，我给大家念念。"

我满脑子正在考虑设计稿的问题，但突然，就被一句话抓住了思绪。

"她的儿子是一个卖鱼人，脾气很不好。但是他可以用三轮车载着母亲，像哄小孩那样满菜场跑……"这么熟悉，竟然是儿子的作文。

老师声情并茂地朗读着。

"……我的设想就是在全国设立一个'关心节'，就像是五一、十一那样，不管你年龄多大，只要你有父母，每一个孩子都必须在这个节日回到自己的父母身边，不许旅游，不许加班，不许做其他事情，只陪父母聊天、帮父母做事……

"我听到卖鱼人说过这样的话："别人说我母亲耽误了我做生意，可是，生意重要还是和母亲在一起重要？'我也想不出哪个重要，可是看着她脸上的笑容，我知道，母亲永远是最重要的……"

作文念完了，班主任静了两秒钟，继续说："这篇作文在我们年级的老师中传阅了一遍，我们感谢刘小树同学，给我们匆忙的心注入了那么清亮的泉水。谢谢他。"

然后，就是满场的掌声，我坐在那里，第一次颇为自豪，但，也有小小的愧疚。

四

晚饭时，我突然不知道说什么好。儿子的话不多了，很乖地吃着饭，想起他的作文，我突然有些难过。

我给他夹了一筷子菜，说："今天开家长会了。"他马上有些紧张，这是他家长会后的惯有表情。我却笑了，说了一句好久没说过的话："儿子，你真行。"然后，我就把老师的话原原本本地复制给他听。最后说，"那个卖鱼人，我还真的没注意到呢。"

儿子纠正："不光有他，还有姥姥的电话。"

哦？我诧异。母亲何尝在电话里说过要求我回家了，电话里，她总是会说："你工作忙，不用回来，家里没事，都挺好的。"

儿子撇撇嘴："可是每一次，姥姥都会问我，什么时候回来啊？"

我突然觉得鼻子一酸，心底开始有些东西在慢慢翻涌。

五

设计部的稿子老板依旧不满意，但是他没有让我们五一节加班，反而在最后一次策划研讨会的后半部分，问大家五一节都有什么计划。素来形象严肃的老板提出这样的问题，所有的人都面面相觑，过了片刻，有同事说要旅游，有同事说要睡觉。

老板却长叹一口气，说："都回家吧，回家看看父母，他们口口声声说路上挤，票不好买，工作忙就别回来了，其实他们也像孩子一样，人越老，就越小，却不能像孩子那样直接表达，作为父母，还要理解你们。"

同事们都没说话。老板笑了："这次多放一天假，都回家看看父母，不准旅游，不准工作，不准睡觉，陪父母喝杯茶，聊聊天，看看电视，逛逛街。"

说完后，他得意地向我眨了下眼。因为一大早，我就跑到他的办公室，将儿子的作文完完整整地读给他听。他沉默了几秒钟，说："这真是个完美提案。"

六

从周一开始，我退掉了午托部的费用，然后开始坐半小时公交车回家做饭给儿子吃。对于这个举动，他表现出了极大的热情，不仅配合我，还主动承担了一部分家务。我打电话给老公，说："咱们的儿子长大了。"

楼下邻居见了我，竟然和和气气地给了个微笑，说："上次的事，真对不起。"我回给她一个微笑："也怪我脾气暴躁，没关系。"心里有暖流在涌动。她接着说："你儿子真懂事，他说你胆小，说你脾气坏，说你其实是个好人。"我幸福地笑了。嗯，过完年，把父母接过来，他们喜欢运动，楼下的小广场有很多运动器械，有他们在那里，自行车也不怕丢了吧，这也是在一起的好处。

之前我忽略过很多东西，是儿子的完美提案，让我重新找回了它们。

今年父亲节不要再给我送领带

〔美〕鲍勃·珀克斯　陈荣生 / 译

我不可能再使用另外一条领带，就算能够使用，我也不想再多要一条。

过来问问我，父亲节想要什么礼物。你一定想知道。这个礼物你在商店买不到，而且它也是没有尺寸大小的。哦，天啊，请不要给我买袜子，更不要买衬衫。这是个好消息：我想要的东西不用花费你一分钱。

什么？我不要在老人身上浪费我的钱？太好了！可是，你等一下。肯定是个什么陷阱。你这话说得太好了，不可能是真实的。我记得你曾经教过我的一件事："如果别人的话说得太好了……那肯定是有问题。"

好吧，我告诉你。父亲节我所需要的是你的时间。不，我并不是要你开车来问候我一声，然后就急匆匆离去，前后时间不到一个小时。

给我一天，甚至半天也行。让我们一起吃午饭或者去钓鱼。我不想去看电影，我想看着你，我想跟你一起开心地哈哈大笑。我想静静地坐着，什么也不做，而且也不用做任何解释。

是的，我跟其他父亲不同。我不做体育运动，而且，就算你买一箱啤酒来也无法收买我。我只要你。我挂念的是你本人，怀念的是我们的过去。我想变得傻傻地从小山丘上滚下来。我想谈谈人生，谈谈想从人生中获得什么。你可以问我任何问题，我一定会如实回答。请再给我一次机会让我去把握住它。

我坐在家里，捧着相册，沉迷在回忆之中。我抚摸着你 10 岁时幼稚的脸，听你说："我爱你，爸爸！"请再跟我说一遍。我没有多大的变化，我的心仍然会激动无比。

这张照片是你生病出院回家后拍的。你当时在发高烧，我仍然可以感受到我嘴唇上的热度。你躺在我的胸前睡着了，接着你就发烧了。我们醒过来的时候，两人都被汗水浸透了。我仍然想在你的额头上亲吻一下，对你说我是多么爱你。人就算是再老，亲吻儿子也没有错。

这是我带你去看《忍者神龟》的电影票，还有你第一次去参加舞会的收据。我还保留着过去看马戏团演出的票。你瞧，这就是我们去费城看马戏团表演的照片。我已经相当落伍了，但是我仍然那样做。

现在，我已经完全在你的生活之外了。

哦，请不要再给我买贺卡，请亲手给我画一张。我仍保存着你画的那些画，我的车上仍然挂着你亲手做给我的杂物袋，我还保留着我那年在你的画展上偷偷买下的你的第一幅画，还有你创作的第一本漫画书。

过来坐到沙发上，我们一起来玩儿童游戏，把你的游戏机拿过来。我只是想要做一件我们以前经常做的事，只是想有一点时间跟你在一起。

我一直都在对你们年轻人说，人生是很短暂的，时间是很珍贵的。我父亲去世已经9年了，但我跟他坐在一起的情景仿佛就发生在昨天。我愿意放弃一切，如果能跟他再同桌吃一顿饭，再听他讲一次他讲了一百遍的老掉牙的故事，再跟他拥抱一次。

是的……再拥抱一次。

仔细地看看我，我越来越老了，时光正在飞逝。他们告诉我这只是一个你得经过的阶段。但是，对不起，我无法等到"已经太晚了"的那一刻。我不想让你在几年之后的某天站在我的病床旁边对我说，你很遗憾浪费了太多的时间，我不想听到你说："爸，我是该给你打电话。不过我太忙了。你知道我是爱你的，不是吗？"那时，我只能用原谅的口吻说："哦，没事的，年轻人。我明白，人生就是这样。"

现在我要告诉你，我不明白，我将会跟你说假话。我也许会有各种病痛，但是无论什么病痛，都无法与我现在的心痛相比。

父亲节那天，请把你的时间给我。我真的不需要领带。

提前的祝福

田 维

已于 2007 年 8 月 13 日离开人世的 21 岁女孩田维，在短暂的生命中，在与死神波澜不惊的对视中，留下了许多美好的情感与文字……

我唯有，不知如何表达的感激。

早上醒来，手机的振动提示：2 月 20 日，妈妈的生日。忘记了是什么时候设定下这样的提醒。

本是一个无须提醒的日子。怎么可能忘记或忽略？

每一年，这一天，都令我疼痛地感知到，她又老去了一些。

古人说，父母之年不可不知也，一则以喜，一则以惧。

我曾是那襁褓中的婴孩。我曾是你手心里盛开的一朵生命之花。

你望着我长大。像你的感叹，不过弹指，便是人间的一次更迭。

好多次，我们一起翻看旧时的影集，你对我讲起，我儿时的乖戾和顽皮。

你告诉我，哪一年，我们去看了腊梅；哪一年，我们去观赏了灯会。

照片上的妈妈，纯澈的脸孔，纤弱乌黑的发。

那一切，已恍如隔世。

喜欢父母的一张黑白合影。父亲的手，轻放在你的肩头，你微微侧身，坐在春天的石阶上。身后是如笑的春山，看不到斑斓的色彩，却有两个人温和的四目，暖似熏风。

我就是在这样的目光间，萌生又孕育。

我出生在一个春天。你说，你从产房的窗口望出去，树木刚刚生出细而黄的幼芽。

接着花朵在怒放，你的爱在怒放，而我只静静地睡，缓慢却匆忙地成长。

现在，我已经是20岁的人了。

这个时候，我却仍无法令你放心，因为病。

这时常令我感到不安和愧疚。

暑假的夜里，和母亲睡在一处，紧握住她的手。很久了，我没有这样依偎在她的身边。

是在得知了自己的病情后，我才发现，对于妈妈的眷恋和依赖，原是如此之深。

也许，我所有的坚强，都是因为妈妈。为了她，我才有勇气，去面对我的命运。她为我扇蒲扇，她说不要开冷气，那对身体不好。

她对我说，不要怕。她劝我多吃下一些食物。

而我，常常对着饭菜发呆，一个人默默在深夜饮泣。她擦我的泪。

我知道，她的心在碎。

感觉着母亲的呼吸，感觉着她的心跳，我决定要有斗志地生存下去。

我不可以轻易放弃，我要陪伴在她的身边，至少到我能照顾她的时候。

我不可以留下孤单的妈妈。

我怎么可以，怎么忍心，让她的后半生没有了我，她唯一的孩子。

这样想着，于是，泪水又蒙住了我的双眼。

我不敢让她看见。

只有我知道，妈妈心中的忧伤。她从不让我看出，她的难过。

她鼓励我，她微笑，她的眼神传达着明亮的希望。

妈妈总是说，一切不幸都终将会过去，只要你敢于走下去。

医院的傍晚，黄昏中有低飞的燕。它们飞舞，它们鸣叫，它们狂欢。

我们并肩站在窗口。我已比你还高，却依旧倚住你的肩膀。

妈妈，我只轻唤你，便已泣不成声。

你抚摩我与你年轻时一般乌黑纤弱的发。你不发一言。我们就这样看黄昏中的燕。

一场生命的飞舞，生命的鸣叫，生命的狂欢。

恐惧是一张网，这个夏天里，我被它困住，不得自由，不得呼吸。

夜夜的梦魇，却又失望于黎明的到来。

我对你说，我怕着白天。在白天，我要真实地面对一切。夜晚，却不过是梦。梦，即使是险恶可怕的，也终于会醒。

但现实不是，现实是这样清醒，真实得一览无余。

妈妈说，如果能够再孕育你一次该多好。

你仿佛是在怨恨自己，将我生成多病的身躯。

你遗憾没有给我一副强健的肉体。

你觉得，是自己造成了我连绵的苦难。

妈妈，我却时常感谢你给我的生命，即使这身躯有许多不如意。但生命，从来是独一无二、最可宝贵的礼物。

我感谢，今生是你的女儿；感谢，能够依偎在你的身旁，能够开放在你的手心。妈妈，不幸的部分，是我们共同的命运。我深知，我的疼痛，在你那里总要加倍。但幸福，却是更深切的主题。

从这世上有了我，你便呵护着我；从我得到了知觉，便对你万般依恋。

这人间，据说百年才能修得同船渡。那么，母女的缘分，该有千万年的修行。我是经过了许多的漂泊和艰险，才投入你的腹中吧。

是你收容了我游移的灵魂，给了我温暖的家园。

这缘分，是该令我们感激一世的。

让我们并肩地站立，看落下的雪花，落下的风雨。你在这里，你在我的身旁。我于是不肯放弃，绝不放弃，丝毫生命的力量。

我将飞舞，我将鸣叫，我将狂欢，如那黄昏时的燕一般。

这一天，你对着镜子将白发染黑。

我远远看你。妈妈，你又老去了一些。

甜蜜和疼痛，交织在一瞬。

过年的鞭炮已经响起。今夜，会有盛大的焰火，一样会有缤纷的色彩，流溢在深暗的天空中。

一年年，经历着多少的爱，多少的辛酸和欢乐。

它们都将在夜空里盛开，繁花之上，又生繁花。

妈妈，让我们一起去看。

妈妈，让我紧握住你的手，容许我有时间，望你的老去，如你望我的成长。

提前的祝福，生日快乐。

妈妈。

请为你的父母骄傲

梧 桐

长期以来，父母都为我而骄傲。小的时候，我的成绩好、长得又漂亮，父母带我出去，总能收获一大片赞扬和羡慕的声音。每当听到别人用惊奇的语气说："啊，老吴，这就是你儿子？小家伙长得真不错。读书怎么样？什么，年年都是三好学生？不简单不简单。"这时，父亲就会得意地摸着我的脑袋，佝偻的腰板也骄傲地挺直了，母亲脸上的每一条皱纹也都舒展开来。

后来，上了大学，每个月打电话向父母要生活费都是理直气壮的，因为是我让他们一夜之间有了所谓的知名度。从我收到那张名牌大学录取通知书的那一刻起，父亲和母亲不再是那个几千人大厂里默默无闻的一分子。提起他们的名字，听的人就会说，噢，知道，他们有个儿子在北京念大学。

后来，我进了一家外资公司工作。虽然只是普通的办事员，但时不时从我嘴里蹦出的MBA、GDP更让父母看我的眼神充满了敬畏。别人家的孩子下岗的下岗、失业的失业，自己的儿子挣的却是美金。唉，我的父亲母亲，想不骄傲都难啊！

我俨然成了一家之主。家里有什么事，父母亲第一个想到的就是打电话征求我的意见。即使觉得我的意见有不妥之处，也只是小声地发表自己的看法。待到我用鄙薄的语气说他们老眼光、没见过世面、井底之蛙时，他们就会连声说，听儿子的，听儿子的，他见过世面，比我们有主意呢。

我从来没觉得有什么不妥。我很少在同事面前说到自己的父母。他们那么平凡，甚至只是这个繁华都市里最卑微的底层劳动者。

直到有一天，办公室来了一位新同事。他频频说起自己的母亲，言语之间充满了骄傲。他说母亲很漂亮，母亲很能干，母亲还会唱好听的山歌……我们都知道他来自农村，可是在他的描述中，我们印象中的农村老太太渐渐变了模样，幻化成一个李双双似的美丽的农村妇女。

有一天，同事说请我们去他家吃饭，因为他母亲来了。等见到他母亲，我不禁在心里笑骂，这小子，真会吹牛。他的母亲，是一个又黑又瘦的老太太，像一粒风干了的枣子。见我们去了，讷讷地连招呼也不打就往厨房里躲。同事把母亲拉出来，挨个儿给她介绍，这是小李，这是王姐。他的母亲很局促地笑着，同事却一直亲热地搂着她，亲热地叫着妈，并且问我们："我妈是不是很漂亮？我妈炒的菜是不是很好吃？"我们味同嚼蜡，嗯嗯地应着。同事看出了我们的不以为然。在他母亲洗碗的时候，他对我们说："你们不知道，母亲年纪轻轻就守了寡，农村的日子对一个单身女人来说有多苦呀，可她不靠别人施舍，硬是凭着自己的一双手供我念完了大学。我没听她叫过一声苦，喊过一声累，我为自己拥有这样的母亲而自豪。"

我们不约而同地沉默了，或许都在那一瞬间想到了自己的父母，想到了自己对父母那些无理的埋怨——只因为父母不能为自己买房，不能拿钱给自己做生意，也没本事给自己找个好工作。我们理所当然地认为，自己是父母的骄傲，自己给父母长了脸面，可什么时候，为自己拥有这样的父母而骄傲过？

那个晚上，我没有回自己的出租屋，而是回了父母的家。参加工作后，我嫌弃父母的房子又脏又乱，光线不好，自己租了房子在外面住。看到我回家，母亲兴奋地要给我做夜宵，父亲则去给我烧洗脚水。

我的眼睛湿润了。年轻浮躁、夸夸其谈的我每天唾沫横飞地指点江山，鄙薄自己年迈的父母，觉得他们理所当然地应该为有我这样"争气"的儿子而骄傲，从来就没有想过，他们是如何认真而努力地生活着。想起来，真正浅薄的是我。我是父母的骄傲，父母不也是我的骄傲吗？

歌，一条无尽的路

王宗仁

这次重返高原，我心力太重，都因为一首歌。

生命有各种无奈，人都应该顽强地活着，要执着地追求。我总以为在这个氧气只有内地一半的世界屋脊上，说句话都喘得像失去脚跟似的站不稳，唱歌？不敢想。即使想吧，谁能唱出一颗心？

可我万万没有想到，却是这些脸庞被紫外线照射得紫红泛黑的五大三粗的战士唱的一首歌，把我的五脏六腑搅得翻江倒海。

那歌是一条无尽的路，一半含着寂寞和思念，一半含着血与泪。今天的酸楚在圣歌的音符中，明天的黎明在这歌的余音里。在高原军营里不管谁唱起这首歌，都是以泪洗面，情动昆仑。

那些足以使我支撑一生的歌声，让我甩掉了许多虚幻的梦想。

我在高原所有的感觉都是从这支歌开始的，又从这支歌结束。我坚信数年乃至数十年以后，风吹长空，闪电驰过，我耳畔仍会有这歌声——

儿当兵当到多高多高的地方／儿的手能摸到娘看见的月亮／娘知道这里不是杀敌的战场／儿却说这里是献身报国的好地方。

儿当兵当到多远多远的地方／儿的眼望不见娘炕头的灯光／儿知道娘在三月花中把儿望／娘可知儿在六月雪里把娘想／寄上一张西部的画像／让娘记住儿现在的模样……

我的眼前交替出现着两幅画面：在冰山雪岭间守卫国门的士兵和手扶家门思念儿子的母亲。高原军人同样是爹娘身上掉下来的骨肉，他们有本该属于自己的

110

温暖的家，有妻室儿女。但是，他们最思念的是母亲。母亲——娘，这是一个脸上刻满皱纹饱经沧桑但却使人青春焕发的形象；这是一支百唱不厌永远都不过时的歌；这是一个走到天涯海角都牵动着儿心的情结。

我终于明白了这首题为《西部好儿郎》的歌为什么在高原军营里流传得这么广。战士们在被暴风雪围困在山上吃冰咽雪的时候，围着篝火唱；在国境线上单独执勤时，咀嚼着单调枯燥的日子唱；在被可恶的高山病折磨得死去活来时，望着天边遥远的星辰唱。

爱在荒原入土，情在雪山闪烁。他们投入地唱了一遍又一遍：儿当兵当到多高多高的地方——

唱歌的是黑脸大汉郭和奎营长，三十岁刚挂零，可看上去皮肉粗糙，胡子拉茬，要比实际年龄大多了。此刻这位营长不在军营里呆着，却孤身一人出来顶着燥热的日头跪在唐古拉山中的一个山坡上，三叩首，两作揖，泪流满面。他在敬哪路山神？不，他在祭父。

他的面前放着三碗特地做的高原风味饭菜：手抓羊肉、凉拌野葱、酥油茶。他举起酒杯，遥对家乡四川的方向，泪水涟涟地说：

"爸，不孝之子和奎向您请罪。在您病重时，儿没有给您送一口水，端一碗饭，喂一片药。今天是您走后的第三天，儿在遥远的西北高原上为您送行，愿您在天之灵，尝尝儿亲手做的这些饭菜——"

温酒洒在了雪山上，郭和奎放声号哭。

父亲于三天前因患胃癌病逝，家里曾连发三封电报催他回家，奄奄一息的父亲不见儿面咽不下最后一口气。尽管郭和奎已经三年未回家了，也难以满足父亲这情理之中的要求。世界屋脊上这个军营的天地由他撑着，执勤任务压在肩，他追日赶月地忙还觉得时间太少，哪能匀出探望父亲的空儿？父亲等不来儿子终于去了，他是睁着眼睛走的。后来，和奎得知，老人那双眼睛一直闭不了，入殓前母亲给他揉了又揉，眼睛就是不合……

郭和奎是个负债者，他欠父亲的情太多了，脚下的冻土地因而显得沉重。现在，这三种风味饭菜就能抵还得清吗？

雪山上，郭和奎的哭声撞击着冰冷的雪峰，撞击着过路人的心！

遇见世上最好的爱

刘继荣

请你一定相信，遇见了孩子就是遇见了世上最好的爱。

大学时的好友假期出游，顺路来看我，就在家中住了几天。正遇上老公出差，孩子感冒，我忙得不可开交。几天下来，她感慨道："看见你这样忙忙碌碌、身不由己，我是绝不敢要孩子了。"

我一愣："你都看见什么了？"她同情地说："看见你一日三餐洗煮烧煎，比保姆还辛苦；看见你栉风沐雨，又接送孩子上学，又忙工作，几乎变成机器人；看见你凌晨两点还不能安歇，要给孩子喂药喂水，像个苦役犯；还看见你的皱纹与眼袋，看见你无穷无尽的付出。"

她叹息："女人最好的年华就这样交付掉了，人生还有什么乐趣。你看我，工作时无忧无虑，出游时无牵无挂，多好。"我笑了，对她说："你什么都看见了，可唯独没有看见我的快乐和幸福。"

她瞪大眼睛，惊讶地看着我，半开玩笑地说："你不是在自欺欺人吧？"

我告诉她，儿子刚上幼儿园，第一次吃鸡翅时，才两岁半的他，将鸡翅藏在白衬衣的袖子里，晚上带回来要与我分吃。我至今记得，他津津有味地吸吮那半截鸡骨头的馋相。每每想起他衣袖上留下的那片鹅黄色油渍，我心里就会有一片淡淡的温暖。朋友若有所思，脸上不再是戏谑的表情。

我告诉她，走在路上，儿子像个小小男子汉，懂得让我走在他的右边。他说："妈妈是近视眼，我是千里眼，我来保护你！"过马路的时候，他会冲着车流大喊："你们通通快让开，我妈妈要过马路了！"仿佛我是至尊至贵的女王，所有人都

112

得谦恭礼让。母亲，就是孩子心灵国度里最值得敬爱的女王。朋友爽朗地笑起来，她说："好羡慕你，女王陛下。"

我告诉她，去年五月的一个中午，儿子很晚还没回来。在外环路上，我找到了他。这一路，槐花开得纯白如雪，幽香扑鼻，儿子正专心致志地往树干上写字，一棵一棵地。他对我说："今天是母亲节，我没能买到康乃馨，就来到了这里。"花开得那么好，却有人采摘，儿子就用水彩笔写下了这些稚拙的留言："这是我送给妈妈的花，请让它好好地开，不要摘。"望着这一路盛开的槐花，我知道，这是最好的母亲节礼物。牵着孩子的手，我感觉自己是世界上最幸福的人。听到这里，朋友的眼神变得柔和起来。

我告诉她，就在前天，我和儿子一起去医院验血。当医生宣布儿子和我是相同血型的时候，他一下子欢呼起来："太好了，如果以后妈妈生病需要输血，就可以抽我的了！"旁边验血的人，还有医生，都感动地说："有个这样的孩子，真好。"我平静地陈述完这些片段，朋友的眼睛却在刹那间湿润了。

我对朋友说："你没有看到，我在辛苦的同时享受到多少甜蜜，你也无法感受，我生命中最深的温暖。但请你一定相信，遇见了孩子，就是遇见了世上最好的爱。"朋友郑重地点了点头，露出了赞同的微笑。

有一些错不必纠正

姚文冬

　　我的生日，居然是一个错误。按父母的说法，那天是阳历 12 月 8 日，农历十一月十一。我一直这样认为。可有一天我去查万年历，却惊讶地发现，那两个日子，在我出生的那年并不重合，前后差了一天——显然是父母记错了。把儿子的生日都记错，这个错误太严重了。

　　于是我向父亲质疑。父亲说："12 月 8 日！没错，那个火红的'8'字，至今还印在我脑子里呢。"

　　母亲接着说："农历十一月十一也没错，咱们小镇逢一为集日，那天就是集日。"父亲听了也像想起了什么，补充说："对，那天的确是集日。"

　　两个日子都没错，难道是历法错了？历法会有错吗？从那以后，我困惑不解。

　　等我长到 18 岁，我想：一定要把生日的确切日期搞清楚，怎么能让一个错误的生日伴我终生呢？

　　我让父母好好回忆一下，并说："如果确实是 12 月 8 日，那农历就是十一月初十；如果农历是对的，那阳历就该是 12 月 9 日。总之，这两个日子不可能是一天。"

　　父亲斩钉截铁地说："阳历错不了，我清楚地记得，当你一落地，我就在那个火红的'8'字下写了一行字：今天，我有儿子了！"母亲笑着说："日历上的字，我也记得。"

　　可是，肯定了一个，就必须否定另一个，历法是科学，不可能模棱两可。"那么，农历十一月十一肯定是错了，那天应该是十一月初十。"我说。

　　母亲一听就急了："不是初十是十一，只有十一，才可能是集日。那天，我想去看望你病重的姥爷，可因为是集日，很多外村的亲戚来赶集，在你姥爷家吃饭。我一进院，看见人太多了，就没进屋子，心想改天再去吧，可是当晚就生了你。接着就坐月子，不能出门，十几天后，你姥爷就去世了，我都没能见他最后一面。"

母亲的泪流了下来，她哽咽着说："这样的日子我能记错吗？如果那天不是集日，你姥爷家就不会来那么多人，我就能见你姥爷最后一面了。"

看见母亲流泪了，父亲有些愠怒了，他瞪着我说："你究竟想干什么？"父亲的话让我的心一颤，是啊，我想干什么呢？我想用所谓的科学，去怀疑、否定他们的记忆？他们的记忆，是那么温馨，又是那么心酸……哪一个更重要呢？

从那天起，在我 18 岁长大成人的时候，我懂得了一个道理：这世上，有一些事情，明知是错的，但不必去纠正。

故乡，您终于代替了我的母亲

东 西

三年前，母亲在一场瓢泼大雨中回归土地，我怕雨水冷着她的身体，就在新堆的坟上盖了一块塑料布。好大的雨呀！它把远山近树全部笼罩，十米开外的草丛模糊，路不见了，到处都是混浊的水。即使这铺天大雨是全世界的泪，此刻也丝毫减轻不了我的悲。雨越下越大，墓前只剩下我和满姐夫。我说："从此，谷里跟我的联系仅是这两堆矮坟，一堆是我的母亲，另一堆是我的父亲。"

我紧锁心门，强冻情感，再也不敢回去，哪怕是清明节也不回去，生怕面对宽阔的灰白泥路，生怕空荡荡的故乡再也没母亲可喊。但是，脑海里何曾放得下，好像母亲还活着，在火铺前给我做米花糖，那种特别的浅香淡甜一次次把我从梦中喊醒，让我一边舔舌头一边泪流满面……

如果不是母亲，我就不会有故乡。是她——这个四十六岁的高龄产妇，这个既固执又爱幻想的农村妇女——在 1966 年 3 月的一个下午把我带到谷里。这之前，她曾生育了我的三个姐姐，两个存活，一个夭折。我是她最后的念想，是她强加给未来生活的全部意义，所以，不管是上山砍柴还是下田插秧，甚至在大雪茫茫的水利工地，她的身上总是有我。挖沟的时候我在她的背上，背石头的时候我在她的胸前。直到我六岁上小学时，她才让我离开她的视线。上学的路上有个水库，曾经淹死过人。她给我下命令：绝不可以欺水，否则就不准读书！老师家访，她把仅有的一只母鸡杀了招待老师，目的是拜托老师在放学的时候，监督我们村的学生安全走过水库。她曾痛失一个孩子，因而对我加倍呵护，好像双手捧着一盏灯苗，生怕有半点闪失。

十一岁之前，我离开谷里村的半径不会超过两公里。村子坐落在一个高高的山坡上，只有十来户人家，周围都是森林、草丛，半夜里经常听到野生动物的叫唤。天晴的时候，站在家门口，可以看到一浪一浪的山脉高矮不齐地排过去，一直排到太阳落下去的远方。潮湿的日子，雾从山底漫上来，有时像云，有时像烟，有时像大水淹没我们的屋顶。冬天有金黄的青冈林，夏天有满山的野花。草莓、凉粉果、杨梅、野枇杷等，都曾是我的口中之物。"出门一把斧，每天三块五"，勤劳的人都可以从山里摘到木耳，剥下栓皮，挖出竹笋，收割蒲草，这些都可以换钱。要不是因为父母的工分经常被会计算错，也许我就沉醉于这片树林，埋头于这座草山，不会那么用劲儿地读书上学。是母亲憋不下这口气，吃不起没文化的亏，才逼我学会算术，让我懂得记录。

因为我不停地升学，这个小心呵护我的人，不得不眼睁睁地看着我离开她，越来越远，越来越远。十三岁之后，我回故乡的时间仅仅是寒暑假。我再也吃不到清明节的花糯饭，看不到秋天收稻谷的景象。城市的身影渐渐覆盖乡村。所谓想家，其实就是想念家里的腊肉，担心父母的身体，渴望他们能给我寄零花钱。故乡在缩小，母亲在放大。为了挣钱供我读书，每到雨天，母亲就背着背篓半夜出门，赶在别人之前进入山林摘木耳。这一去，她的衣服总是要湿到脖子根，有时木耳长得太多，她就捡到天黑，靠喝山泉水和吃生木耳充饥。家里养的鸡全都拿来卖钱，一只也舍不得杀。猪喂肥了，一家伙卖掉，那是我第二个学期的路费、学费。母亲怎么也想不到，供一个学生读书会要那么高的成本！但是她不服输，像魔术师那样从土地里变出芭蕉、魔芋、板栗、核桃、南瓜、李子、玉米和稻谷，凡是能换钱的农产品她都卖过，一分一分地挣，十元十元地给我寄，以至于我买的衣服会有红薯的味道，我买的球鞋理所当然散发着稻谷的气息。

直到我领了工资，母亲才结束农村对城市的支援，稍微松了一口气，但这时的她，已经苍老得不敢照镜子了。她的头发白得像李花，皮肤黑得像泥，脸上的皱纹是交错的村路，疲惫的眼睛是干涸的池塘。每个月我都回村去看她，给她捎去吃的和穿的。她说村里缺水，旱情严重的时候要到两公里以外的山下挑，父亲实在挑不动，每次只能挑半桶。那时我刚工作，拿不出更多的钱来解决全村人的吃水问题，就跟县里反映情况，县里拨款修了一个很大的水柜。她说公路不通，山货背不动了，挣钱越来越难。我又找有关部门，让他们拨了一笔钱，把公路直修到村口。她说某某家困难，你能不能送点钱给他们买油盐？我立即掏出几张钞票递过去。在我有能力的时候，母亲的话就是圣旨，她指到哪里我就奔到哪里，是她维系着我与故乡的关系。

后来，父亲过世了，我把母亲接到城市，以为故乡可以从我的脑海里淡出。其实不然，母亲就像一本故乡的活字典，今天说交怀的稻田，明天说蓝淀塘的菜地，后天说代家湾的杉木。每一个土坎、每一株玉米都刻在她记忆的硬盘里，既不能删除也休想覆盖。晚上看电视，明明是《三国演义》的画面，她却说是谷里荒芜的田园。电视里那些开会的人物，竟然被她看成是穿补丁衣服的大姐！村里老人过生日她记着，谁家要办喜酒她也没忘记，经常闹着要回去补人情。为了免去她在路上的颠簸，我不得不做一把梭子，在城市与故乡之间织布。她在我快要擦掉的乡村地图上添墨加彩， 重新绘制，甚至要我去看看那丛曾经为我贡献过学费的楠竹，因为在她昨晚的梦里大片竹笋已经被人偷走。听说一位曾经批斗过她的村民进城了，她在不会说普通话的情况下，竟然问到那个村民的住处，把他请到家里来隆重招待。只要能听到故乡的一两则消息，她非常愿意忘记仇恨。谁家的母牛生崽了，她会笑上大半天，若是听到村里某位老人过世，她就躲到角落悄悄抹泪。

有一天，这个高大的矮个子母亲忽然病倒，她铁一样的躯体终于抵挡不住时间的消耗，渐渐还原为肉身。从来不住院、从来不吃药的她被医院强行收留，还做了化疗。三年疾病的折磨远远超过她一生的苦痛。她躺在病床上越缩越小，最后只剩下一副骨架。多少次，她央求我把她送回谷里，说故乡的草药可以治愈她的恶疾。但是，她忽略了她曾送我读书，让我有了知识，我已经被现代医学格式化，所以没有同意她的要求。她试图从床上爬起，似乎要走回去，可是她已经没有力气，连翻身也得借助外力。她一直在跟疼痛较劲，有时痛得全身发抖，连席子都抠烂了。她昏过去又醒过来，即便痛成这样，嘴里喃喃流出的还是故乡的名字。临终前一晚，不知道她哪来的气力，忽地从床上坐起来，叫我满姐连夜把她背回故乡。我何尝不想满足她的愿望， 只是谷里没有止痛针，没有标准的卫生间，更没有应急的抢救。因此，我只能硬起心肠把她留在县城医院，完全忽略了她对故乡的依恋。

当母亲彻底离开我之后，故乡就猛地直逼过来，显得那么强大、那么亲切。故乡像我的外婆，终于把母亲抱在怀里。前不久，我重返故乡，看见母亲已变成一片青草，铺在楠竹湾的田坎上。我抚摸着那片草地，认真打量故乡，发觉天空比过去蓝，树比过去高，牛比过去壮，山坡上的玉米棒子也比过去长得大……曾经在我记忆里被按下"暂停"的乡亲，一个个都动起来，他们脸上的皱纹、头上的白发第一次那么醒目。我跟他们说粮食，谈学费，讨论从交祥村拉自来水，研究怎样守住被邻村抢占的地盘，仿佛是在讨好我的母亲。如果说过去我是因为爱母亲才爱故乡，那现在我则是通过爱故乡来怀念母亲。因为外婆、父亲埋葬在这里，所以母亲才要执着地回来；又因为母亲埋葬在这里，我才深深地眷恋这座村庄。为什么我在伤痛的时候会想起谷里？为什么我在困难时刻家山北望？现在我终于明白，那是因为故乡已经代替了我的母亲。有母亲的地方就能止痛疗伤，就能拴住漂泊动荡的心灵。

这年冬天的家书

张悦然

给爸爸

爸爸。我说。

其实我没有什么想说的，只是很久没有喊这个称呼了。我想叫你。

我梦见荷花开了，就是我们家门口的。你带着我过马路，手和手是在一起的。爸爸，我们是去看荷花吗？

荷花，那像我的鼻血一样的颜色，映红了我的梦。爸爸，我为什么总是流鼻血？你教我的抬右手臂的办法不再奏效。我只有仰起头，荷花也开在天上，比云彩还纯洁的假象。我看着它们，爸爸，我们家搬到天上了吗？

爸爸，我不是奶奶，我不该这样说，可是我仍旧要这样说你，你是个能干的小孩。你看，我们的家多好。它多好啊爸爸，还有你和妈妈。还有我们拥有的一切，都是你给的。

爸爸，你有没有数过你究竟给过我多少件东西？从小到大有多少件呢？爸爸，我想数的，我企图这样做，在我异常愤怒、和你争吵的时候，我在心里数。我说都还给你，还给你。我数它们，它们密密麻麻，它们糊在我的整个青春上面，像一个总是不能结尾的美妙童话。哦，爸爸，我喜欢你给我买的童话书，虽然我要你念给我听，可是你没有时间。爸爸你欠我一些时间，这个你知道吧？仍旧在吗，它们？ 是在写字台下面的抽屉里吧。爸爸，我不能还给你了。你给的爱和礼物我都不能还了，我享用了太多年了。你看，我已经有依赖的毛病了。我抱着你给的东西就会笑嘻嘻，笑嘻嘻的我也能忘记你欠我的一小段时间。

爸爸，其实你欠我的是很短的时间，因为很多时间我们是在一起的。比如我坐在你汽车的后排，我坐在后面看见你正看着前方。我喜欢你开车，爸爸，虽然我觉得那太有目的性。是不是能干的人都像你一样有目的性呢？你总是带我去我要去的地方——学校、家、运动房，就是这样。爸爸，其实我想和你去远方！我想和你走走停停去远方。我想你买你喜欢的热狗，分给后面的我一半。我就要一半，谢谢。你现在在抽烟，因为我睡着了你就不能抽烟了，可你不知道我喜欢烟，我也想你分我一口。我就要一口，呵呵。

爸爸，你欠我一小段时间。这段时间里我们可以悄悄去一个远处的地方再回来。这期间我们还抽了烟、吃了热狗、打盹儿、接了电话，然后我们回家。爸爸，我喜欢我们的家。我们回去的时候是快乐的。你看，它建在荷花池旁边，夏天天黑了，荷花仍旧明亮。我看见荷花探头到水里洗脸，然后继续明亮。爸爸，如果你没有时间陪我去远方，我们坐下来看看荷花好吗？它们离我们很近，非常友好。我们就安静地坐下来看荷花吧。

啦啦啦，荷花照亮我的家。爸爸，我忘记问了，你喜欢我唱歌吗？

爸爸，现在我和你相距很远。可是我常常梦见荷花和我们的家。我们的家啊，爸爸。我梦见你牵着我的手过马路。

爸爸，我们是去看荷花吗？

我要把我欠你的小段时光还回来。你牵着我的手说。

给妈妈

妈妈，我今天病了。打电话给你的时候我没有说。

我给自己买了厚厚的被子，冷气还开着，热带雨林的雨像个急于成名的蹩脚乐队一样天天敲敲打打不停。就这样，我安安静静地病了。

妈妈，我知道怎么治病的，我找出你给我装的大箱子。它可真大，里面什么都有，像我原来的家。

我找到写满密密麻麻的字的单子，上面你写着：药放在第二层里。

我吃的仍是大明湖畔那个城市的制药厂生产的药。它们一直放在那个庞大箱子的一角。我把它们抓出来，它们冰凉冰凉的，带着从前那个我没有来得及品味的冬季的气息。妈妈，我是在冬天离开你的吗？是吗？是吗？我记不清楚了啊。

妈妈，我现在很害怕。

世界上再也没有比一个无比美丽和善良的女人老去更可怕的事情了。妈妈，你不要老，好吗？我就回去，回家，我会跑得很快很快。不用你来机场接，我知道让计程车司机在第三个路口转弯然后直行比较近，你告诉过我的。妈妈，我真想，就穿着这件热带的蕾丝裙子飞快跑回去，经过我们家门口的湖和泉水。妈妈，我还看见了我们从前养的那只猫。可它为什么没良心地走掉了呢？我们对它那么好。妈妈，我真的想这样一路跑回去，穿越大峡谷、热带雨林，还有海。我翻过高山，走过麦田和北方的平原。我将穿着我最好看的裙子站在你的面前。可是妈妈，为什么又是冬天了呢？为什么荷花凋谢、泉水哽咽了呢？妈妈，我是在冬天离开你的吗？整整一年，有吗？有吗？这么久，我不能相信了啊。

我穿着我最好看的裙子站在雪地里，北方的风从四面八方吹过来。我看见风在我心里汇成的旋涡。旋涡，倒映着你颀长的影子。妈妈，我是害怕你的，没有一件事情比你老去更使我难过。你看，我回来了。蕾丝裙子是你喜欢的，我知道你喜欢的呀，妈妈，我们两个一起穿蕾丝裙子好吗？

妈妈，你的手上为什么仍旧有伤痕？是你给我掰核桃留下的吗？妈妈，我看见你手上的伤痕，我看到那些尖利的东西欺负你，我讨厌它们。妈妈，我怨恨核桃，不再喜欢核桃了，你不要剥给我了，好吗？

妈妈，你说我回去后的第一天我们做些什么呢？你说，我们两个做些什么好呢？妈妈，我们再来养一只猫好吗？我们的老猫咪真是糟糕。它对我承诺过的啊，我走之后它会乖乖待在家里，好好陪着你，可是它走得比那个冬天还要快。我们这次好好养，好吗？我们养只忠诚的猫，或者狗，我们带它去散步，给它挂银闪闪的牌子，一起给它洗澡好吗？妈妈，我多想有个小家伙陪着你。

妈妈，或者我们一起去买菜吧，你说好吗？我还是不会还价，可是我会挑拣了呀。妈妈，你给我买条围裙吧。你曾送给我数也数不清的衣服，可是现在我想要一条围裙，你说好吗？我要和你的一样的。零星小花和黄晶晶的油配在一起真是好看。让爸爸来给我们照相吧，我们都穿黑色蕾丝裙子，我们都穿围裙。妈妈，你相信我，仍旧会有很多人说我们像姐妹的。

妈妈，你想要我陪你去做什么我都去。妈妈，我们再一起看电视吧。我在天寒的时候坐过来抢你的毛衣，妈妈你就把那件毛衣送给了我。可是我现在在永远

28 摄氏度的天气里，我没有穿它。妈妈，我对不起你和你的毛衣。其实我不喜欢它，我和你抢是因为我喜欢你穿它的样子。嘿嘿，我以为我穿上也会一样好看。

妈妈，我今天病了，因为昨天夜里我做了一个非常壮丽的梦。我穿着我那好看的裙子回家了。翻山越岭，我甚至还碰到那只背叛的猫，我抱起它回去见你。可是我真的没有料想是一个冬天。我离开有一年了吗？

妈妈，如果是真的，如果我那么英勇地回去，你答应我，你什么都不要做，就在门口等我好吗？你答应我，和一年前一样站在门口等我好吗？

妈妈，我在小心地走近你，看清你，我们都小声点好吗？我不想吵醒这个华彩的梦。

失落的版图

严歌苓

我平生参加的第一个葬礼，竟是母亲的葬礼。

今年三月的一个下午，我心里莫名地生出一阵微痛的思念。我通常是在这种思念之痛突然发作时，一把抓起电话的。因为是心血来潮，往往在电话那端有了应答时，才发现自己并不知想说什么。只不过觉得母亲的声音比之信中的文字来得更有声色些、更物质些，并且使我和母亲远隔重洋的沟通，又多出一维空间。这天我那识途的手指再次按下妈妈的号码。对父母的电话号码的记忆，早已不必经过大脑，手指头就如钢琴家熟识琴键上的音阶那样。

三月的那个下午（正是祖国的清晨），接电话的竟是我的继父。妈妈是个敏捷至极的人，电话铃一响，她总是闻"声"起舞似的向电话一跃。我甚至怀疑她时时都埋伏着，守候我的电话。这回接电话的并不是妈妈，事情已大不寻常了。我劈头就问："妈妈呢？"继父没直接回答，反问我失眠症可有好转。无数猜测造成了我瞬间的木讷，任继父例行公事地问我的写作，问我先生的健康。我一字未答，等他把圈子兜完，我仍是那句："妈妈呢？"

继父说妈妈住进了医院，前两天刚刚经历胃切除手术。他接着告诉我，妈妈胃癌已是晚期。在老爷子喋喋不休地陈述手术过程时，我重复对自己说：有时噩梦也会如此真切，但最终总要醒来，醒来后发现它不过是个唬人的梦。我只希望此时有个人来猛力推我、告诉我，我只是让梦魇所陷。然而却没有一个把我拉出噩梦的人，这噩梦我是要做到生命终结的。

妈妈那么健壮的一个人，一副爽脾气，怎么可能患这样可怖的病呢？每次回去探望她，她总是不容分说地拾起（扛起、背起）我的所有行囊，在拥挤的人群里给我开道。我却甩着两只空手，不断恳求她慢些走，至少也让我拎一半行李。她根本不理我，因为在她眼里我一向柔弱。有时我会跟她叫嚷："妈妈，别人看见我这样甩着两只空手，让你老太太当挑夫，会说这个女儿真够'孝顺'的！"她仍是不理会，只是像一辆坦克一般闯去。这样的一个妈妈怎么会说病就病到了死亡的门口？

几天后我到了上海，再乘火车到南京。妈妈已从外科转到了肿瘤科。在我到达之前，大家都期待由我来把真实病情告诉妈妈。哥哥一家和继父的儿女们都觉得轮不上他们来给妈妈这一句宣判。正如二十年前，由我来宣判爸爸对她的感情已耗尽，他们的婚姻该解体。人们之所以把这份重大而残酷的任务委派于我，是因为他们知道我在妈妈心里的地位，当然也知道妈妈在我情感中所占的分量。

从火车站到医院的路上，我只感到将遭判决的是我，而不是妈妈。人们在计程车上你一句我一句，讲着妈妈生病的始末。我一句也没听进去，只在心里组合着那个最残忍的句子，我还一遍遍说服自己：妈妈应该知道真相，妈妈有权利明白地生、明白地死。我想，有我在她身边，她会增添很多力量来接受这有着巨大杀伤力的真相。我还相信妈妈的坚强，她那些磨难若搁在我身上，每一次都等同于一次死亡。

进病房时，我后脚还没跨进门就见妈妈的脸冲着门，眼睛望穿秋水似的满是等待。我叫了一声"妈妈"，泪水淹着眼睛和五脏。妈妈眼中，那等电话的等、等信的等、等在火车站接我的等，此刻全聚集在那儿……她像是等着我来搭救她，伸出已瘦黄的两只手，张向我，叫一声："女儿！"她嗓音已失却了大部分清亮。我走上去，把头埋在她的双臂之间。我那天在她病房里待了六个小时，那句最难以启齿的话，忽而在我喉口，忽而又退缩回心头。我想，我们将实情瞒着她，其实不是为她好，而是为我们自己好，使自己能得到虚假的安宁。在伪造的好气氛中，健康人与病人的关系，要好处得多。我非但没把实情告诉妈妈，还去串通主治医生，请他帮忙维护我们善意的谎言。可是在我就要离开病房的时候，妈妈突然拉着我的手。南京三月的春意，是潮冷的，妈妈的掌心却如以往那样干爽和温热。妈妈说："女儿，妈妈得的是癌症，你知道吗？"

我的手在妈妈的两只掌心里越发冷下去。我说："别瞎猜。不是的，只不过是严重胃溃疡。"妈妈看着我,有泪在我眼中闪烁。她笑了一下,带出一声叹息,似乎本指望等待我回来,就是要我同她一起承受这份真实,却发现我也不能面对真实,我也站进了对她隐瞒真相的人群中,靠着谎言,混一天是一天。看来她只得孤零零地去担起那份真实的负荷。我的眼泪再也噙不住,她却轻快地拍拍我的手,说:"好,好,不是就不是!"这个时候,她和我只有不朝那痛处看,或者看穿也不去说穿它。

这天以后,我每天去附近的菜市场,买回最新鲜的鱼和蔬菜。看妈妈吃饭,是我最紧张和痛苦的时候。她是吃给我看的,机械地咀嚼,任何美味于她其实都不复存在了;再别出心裁的菜肴,在她嘴里都如同嚼蜡。化疗使她的进食变成一种折磨,妈妈却总说:"嗯,好吃!闻起来就香!"

第二次化疗后,妈妈常从头上抓下一大把一大把的头发,似败草一样。妈妈曾有一头极好的厚发,演《雷雨》中的四凤时,编一根又粗又长的大辫子。那样活的一根辫子,一甩一挥都是生命。话题就从头发开始,妈妈讲起她演的一出出话剧中的一个个角色,讲到得意时,她像是完全康复了。仿佛回到了几十年前的岁月,眼睛也是二十岁时的眼睛,那早已拖长而形成一条深皱的酒窝,又圆了。妈妈是好看的,年轻时更是,荣耀的日子有过不少,似乎什么都有过,只是从没得到过爸爸的爱。

五月份,我必须回美国完成一些写作,处理一些事务,那时妈妈的病情也相对稳定。临走前的晚上,我在妈妈床边坐到很晚。她忽然讲起她生我时的情形,她讲得很仔细,一个细节也不放过。她说我在三分钟内就冲锋到了她的体外,当护士告诉她 "是个女儿"时,她从产床上跃起,拉起护士的手就说:"谢谢!谢谢!"似乎是医生护士成全了她对女儿的渴盼。

我没想到,妈妈会在离别时讲这件事。也许她自己都不知道它的寓意。

八月初,癌细胞已转移到妈妈的脊椎,破坏了全身的造血机能。身体里已基本没有红血球,妈妈在靠输血过日子。然而所有的人都对我封锁消息,担心我的失眠症再次发作。似乎是某种感应使我早早订了机票,于八月六日赶到上海。刚在旅馆下榻,我便拨了电话,通报我的到来,而我得到的第一句话是:"妈妈昨天早晨过世了。"

我连一声惊讶都无力表示。下面的话我全听不懂似的,只是僵硬地把话筒渐渐从我耳畔挪开。我什么也没说，直接把电话挂断了。似乎是一把刀刺进来，血尚要过一会才会流出来，疼痛也需要一段时间才能追上我的知觉。我一再问自己：我是个没母亲的人了？一个没了母亲的人是谁？我是什么人？住在这空寂的旅馆，走出去，外面将是个没有母亲的空寂世界。

我哭不出来。我坐在旅馆的厚厚的陌生中，坐了不知多久。大约是午夜十二点多了，我吞服了三倍于平常剂量的安眠药，躺在床上，等着痛楚追上来，等着眼泪追上来。安眠药半点效力也没有，我再次吞服了更大剂量的药。窗外的黑夜已在褪色，我无梦无眠亦无思。没有了母亲，祖国的版图在我心里，从此是缺了一块的。

五点钟，我起来，拨通了美国的长途，我先生恰在等我电话。我不知道讲了些什么，只知道讲得很长，抽泣使句子断裂。之后我收拾了行李，去搭最早一列前往南京的火车。我坐在那儿，心里一片茫然，眼睛不大眨，也不大转动。车上的人心情都很好，很热闹地购买沿途每一种特产。我没了妈妈，人们照样啃无锡肉骨头。

追悼会安排在我到达后的第二天。只有一小时，因为殡仪馆下午四点钟关门。我临时写了悼词，语词文法都稍嫌错乱，只以满腹遗憾、通体悲伤，将全文凝聚起来。我仅念了第一句："亲爱的妈妈，我回来了，不过已太迟了……"站在第一排的哥哥就"轰"地一声大哭起来。四十岁的哥哥，我是头一次看见他的眼泪。

妈妈躺在鲜花丛里，嘴唇微启。哥哥告诉我，妈妈的最后一夜，一直在喃喃地说："不知还能不能等到歌芩了。"

妈妈年轻时同台演戏的朋友都来了，他们还叫着我的乳名，还口口声声叫我"好孩子"。有一瞬间，错觉来了。似乎又是几十年前，我在后台，穿梭于这些熟识的演员叔叔、阿姨之间，寻找妈妈。总会有个人喊："贾琳，你的千金在找你！"

遗体告别仪式结束了，门外的蝉仍在嚎哭。我有一点儿明白，妈妈为何把我出生的经过那样仔仔细细地告诉了我。

雪下得那么深

江 薛

回家喽！

是啊，春节马上就要到了，春节一到，家就近了。年轻的小伙子姑娘们，都扬起最温暖的笑脸，心里满是兴奋和激动，比发工资那几天还高兴。

这是 2007 年的深冬，一个非同寻常的冬天。

坐在工位上的永海，眼神迷离，动作僵硬。车间里，来自五湖四海的兄弟姐妹，心里全装着一个字——家。有些人兴致高昂，热烈地讨论家乡的风土人情；有些人跟永海一样，手里干着活，心思早神游到了家里。

同欢河到了中游，河水欢快地扭起腰来，这方土地就被扭得平坦肥沃。到了村尾，扭够了的河水一个转身，向北而去。河水北去的拐角处，站着几棵老柳，柳树下，有一个红砖青瓦绿栅栏的院子，这个院子便是永海的家。慈祥勤劳的父母，温顺而勇敢的小黄狗旺财，贪吃的大肥猪，有着粗壮尖角的大水牛，一切是那样亲切而鲜活。家的气息，让永海的嘴角绽出了笑意。

笑意还在继续，对面工位忽然传来"啊"的一声，紧接着，一个什么东西飞到了永海的面前。来不及闪躲，永海本能地用手挡了上去。飞过来的是一张锋利的锯片。只是那么一瞬间，永海结实的大拇指成了牺牲品，与手相连的只剩薄薄的一层皮，鲜血像烟花一样喷出来。车间陡然静下来，然后一阵忙乱，当永海觉得有些眩晕的时候，听到了急救车的声音。

手术。住院。

永海醒来时，手指痛得钻心。更让永海揪心的是，这个样子是万万不能回去的，回去了爸妈不定会伤心成什么样。但问题是早就跟他们说好一定要回家的，现在，这谎要怎么撒呢？来看永海的工友都帮忙想，可谁也没想出个法子。

这天，焦躁的永海打开工友为给他解闷买来的报纸，一条新闻让他激动起来——高速封路，铁路断电。好，就找这个借口，永海赶紧去摸手机，手机却正在这时响起来。

一个陌生的号码，电话那头是永海爸。

"爸，家里换号码了？"

"没在家——我在外面呢！"

"做什么？"

"办年货，我正在县城办年货！小海，爸跟你说个事。"

"我也有事跟你和妈说，正准备往家打电话呢！"

"哦，那你先说。"

"爸，你看新闻了没，今年冰冻灾害越来越严重，高速公路、铁路都不通了，我，我怕是回不去了。"

"嗯——"

"对不起啊爸，跟妈说，明年，明年我一定回！"

"嗯——"

"爸，你不是有事跟我说吗？"

"对，对——没事没事，就是问问你好不好。回不了家，一个人在外别挂念家里，过年了别舍不得花钱，买两件新衣服，吃好点，听到没有？还有，家里电话坏了，别往家里打电话，我打给你，啊？"

"嗯！"永海重重地点点头，眼里再也藏不住滚烫的泪水。

永海爸搁下电话，满意地笑了笑，跟着望一眼漫天飞舞的雪花，重重地叹了口气——儿啊，爸就是不想让你回来啊！

铁路恢复通电，高速公路上有无坚不摧的解放军破冰铲雪。早就订好票的工友们，虽走得有些艰难，但大部分仍然安全踏上了回家的路。

永海躺在床上，每天最重要的事便是捧着报纸看新闻。十几个省受灾，其中重灾区便是永海的家乡。这场雪灾考验着整个中国。最令永海着急的是，家乡所在的那个市已经连续两天上了报纸，说是灾情严重，无数次拨家里的电话，都没

有回应。

永海只要一闭眼，便是漫天的雪白。

今天已是除夕，惦记着家里的永海怎么也高兴不起来。从报纸上再一次看到家乡的名字，他头一回品尝到了什么叫煎熬。能做些什么呢？永海只有把手机一直抓在手里，盼望来自家乡的声音。

悦耳的铃声，就在这个时候响了。

是永海爸。

"爸，家里情况怎么样，报上说咱们那儿灾情严重啊！"

永海爸笑了笑，说："就知道你担心。"

"快说啊，到底怎么样？"

"咱们一个市多大，一场雪能将整个市冻住？有些地方比较严重，我们这儿挺好的，雪是大了点，也没成灾。"

"是不是啊？"

"今天我上县城补点年货，知道你担心，专门给你打个电话。"

永海松了口气："那就好，那就好！"

"你呢，过年的新衣服买了没？准备怎么过啊？"

"新衣服买了，很多工友没回家，我这里热闹得很呢！"

"那就好，那就好！"

挂电话的时候，永海是笑着的，永海爸也是笑着的。

好了。

永海爸转过身，抱住怀，望一眼雪白的世界，赶紧往回赶。十天前，久冻了的老柳禁不住积雪，轰隆一声砸在了永海家的房顶。人没事，房子却塌了。永海爸得回救灾临时房里，策划怎样让来年回来的永海，看到一个像以前一样的家——完整且温暖。

母亲与故乡

〔俄〕普里什文　非 琴 / 译

为了说清楚我是怎样成为作家的，我首先要告诉你一些人的故事，他们在我的生活中留下了痕迹，并影响了我的个人行为。

第一个这样的人是我的母亲。我之所以将她作为我这番话中最重要的人物，不仅仅是因为她生育了我。这个旁人看来如此普通的人对于我就像一面纯净的镜子。我在她身上看到自己亲爱的、值得为之而生和为之而战的母亲和故乡。她对于我，就像外祖母对于高尔基一样。

许多人对于故乡的感情，是与他出生的地方的景观密切相关的，但是我年轻时并不喜欢我的家乡叶列茨的景观。这片高低起伏的黑土地带被条条黄色的黏土沟壑切成两半，沟里尽长些橡树丛，既非草原，又非森林，而且没有经过任何规划整治。

但是对于以母亲为代表的故乡的感情，却使我将任何一片寄予深厚情感的土地认做我的故乡。我甚至不需要长时间地住在某个地方。我只要怀着母亲那种对土地的炽热情感，看一眼我喜欢的景色，这片土地就会成为我的故乡。

我的母亲是一个很健康的人。她性格开朗，甚至不喜欢太久地为那些不幸的人伤神。她自己生活得也很不容易，她所得到的任何好的东西都不是出于偶然，而是努力的结果。

多年以来，我无意识地站在母亲一边，现在却不得不更加认真地看待当时我认为"可怜"的人。我想责备母亲，不是为了她对生活的快乐态度，而是为了她对这种态度的表达不合时宜：合乎时代基调的不是快乐，而是痛苦。从卡利亚耶夫开始，人们便前仆后继地向着痛苦走去。

那个时候的风气正是对于痛苦的同情，在此土壤中产生了像格列勃·乌斯宾斯基以及"神圣的民粹派"这样的作家，他们在自己的读者中提倡相应的行为方式：怜悯。我对此非常理解，所以将自己对母亲的爱与欢乐的感情联系在一起，尽管它与那必须遵行的怜悯是相悖的。我没有任何证据来证明这种生活感觉的正确性，却私下认为我的理解更加正确。我总是为母亲辩护，无意中竭力为她开脱。

自从我开始写作之后，人们一直认定我对大自然有一种诗意的感情。其实这完全不是我从小具备的特殊禀赋。孩子本身就是自然的一部分，而这种复杂的情感是在生活中逐渐养成的。这种情感是在我第一次和母亲分开的时候开始产生的。那时她把我送到城里，而自己回到了乡下。就在那时，在泪水和伤心绝望的情绪中，我才觉得自己离开的那个世界有多美好。在我的想象中，故乡的大自然与见到母亲的幸福是联系在一起的。

于是这种幸福像一股时断时续的电流从我身上流过。出于人类的本性，我们遇到好的东西以后就会把不好的东西忘却，所以在聚首与分别互相交替的过程中，便产生了一种类似高度紧张的电流的东西：生命快乐之流。

我的母亲是我的欢乐之源。我感到，她仿佛给了我一项指令：不管我感到多么难过，都不要辜负她宝贵的品德——生命的欢乐，并将这种欢乐变成与时代相适应的东西。

因此，还在那个时候，我一生的事业就已经初露端倪，那就是不要将所有的行为建立在同情之上，而是建立在神圣的欢乐之上。因为世界上没有比欢乐再好的东西了，它比幸福还要好。

当我还很小的时候，有时候醒来早了，会透过壁龛的小洞窥视母亲的脸。她也醒了，但是她一个人的时候完全不是我们大家所看到的样子：她显得古怪、阴沉，皱着眉头，非常痛苦地想着心事，时而忍不住唉声叹气。我看到她这个样子，就会感到害怕，惊慌失措，不由得把头扎到她的怀里。这时她一下子就高兴起来了，容光焕发，好像刚升起来的太阳。我就是在童年的这些印象的基础上，根据那种叫作"天才"的心灵要素，来建立自己的行为的。

如果描写自己的内心世界，就意味着不仅要写欢乐，还要写痛苦，因为一个人是很难对自己满意的。但如果写别人的话，那么在我看来，这就意味着将自己的痛苦变为快乐。我的母亲很显然就是这样做的：她一个人的时候是一个样子，而当看到别人的时候，立刻变成一个快活的人。

于是，像母亲一样，我自然而然地懂得了，一旦你摆脱了孤独的痛苦纠缠，那么你就会不仅因为别人，甚至会为一个小小的树枝感到欣喜。你会在这些枝权之间泻露的阳光中，在簌簌颤动的树叶上看到整个世界，就好像世界是一个充满光彩夺目的珍宝的巨大储藏室。

那么，何必过多地为了行为的问题伤脑筋呢？一个艺术家的行为应当像创造了无私的财富的万物一样，这种行为就是从无可逃避的痛苦中寻找出路。

像对于母亲一样，我也曾透过壁龛上的小洞窥视我的故乡，看到了它的痛苦。而当我再也无法忍耐，拿起棍子，背起行囊的时候，我看到母亲在微笑。于是我的心胸变得异常开阔，获得了一种特殊的力量，能够对万物怀着爱与关注的心情，生命的欢乐也由此进入了我的生命。

对我来说，没有比阳光之春更好的季节了，因为这时候一切美好的东西都还在前面。您走在那阳光中，会看到森林的边缘长出了新的小白桦，它们在云杉中间晒着暖洋洋的阳光，旁边是一片干燥的草茎。您沿着林边向前走，对所有这些小事都毫不留意。雪地在阳光下发出清新的气息，把您的思绪带向蓝天，飞向今年第一次出现的大朵的云彩。

有一棵草茎，长长的，黄色的，顶着瘪瘪的穗状花序，竭力要引起您的注意。一股偶然吹过的穿堂风帮了它的忙，它又是摇摆，又是弯腰，于是您的思绪从天空回到它的身上，弯下腰，惊讶地端详着，研究着这棵长长的、带有穗状花序的黄色草茎。

由此您会注意到，在它周围的雪地上有一些黑点，那是金丝雀在冬天里碰落的种子。您会在穗状花序上发现一粒幸存的种子，用纸把它包好，回家种在花盆里。很快，您眼看着长出了一棵新的草茎，它由于您对于平凡生命的关注才得以诞生。没有人需要它，它却使您快乐。

您就这样走啊走，充满欢乐与关心，不时地发现一棵草、一只鸟、一截树枝、一个小动物，在这辽阔无垠的大地上不停地越走越远。

最宝贵的财富

〔英〕帕德玛·T.V　庞启帆 / 编译

从前，挪威有一个名叫哈尔沃的男孩。他和他的母亲住在布约尼斯特德大森林附近的一间小屋里。

哈尔沃的母亲有一头绸缎般光滑的金发，但她的手上却结满了老茧。为了维持母子俩的生活，她从早到晚都在缝制衣服。每天晚上停下手中的活时，她的指尖都感到一阵阵刺痛，她的眼睛也因为过度劳累而疼痛无比。她只有一件破旧的羊毛披肩，在冬天缝制衣服时，经常冷得发抖、不停咳嗽。

哈尔沃憎恨自己年龄太小而帮不上母亲的忙。一个冬夜，看到母亲的身体在微微颤抖，哈尔沃说："我长大后，一定要找到一条致富的道路。到那时，我会给你买很多很多衣服，让你每天都吃上丰盛的饭菜，并且，让我们的火炉燃起熊熊的火焰。这样，妈妈，你就不会再冷得发抖和咳嗽了。"

"我不需要很多衣服与丰盛的饭菜，我的宝贝。"他的母亲说，"有你就够了！"

那天晚上，哈尔沃躺在床上想：没有办法迅速长大，但有办法迅速找到财富吗？一定有某种东西使一个小孩也能变成富翁。

突然，他听到从布约尼斯特德大森林深处传来一声巨人的怒吼。这个可怕的声音使他想起了一个主意。比杉树还高的巨人在森林里漫游，小精灵也在里面急匆匆地跑。哈尔沃曾听说过，如果你抓住一个精灵，为了换取他的自由，他会实现你的一个愿望。他可以向小精灵请求宝贵的财富，但是他必须在巨人发现他之前找到精灵，要不他就会被巨人活活踩死。

第二天一大早，哈尔沃从床上爬起来，偷偷溜出家门，朝森林的方向跑去。

他毫不畏惧地走进森林。越往里走，光线就越暗，最后几乎看不清眼前的路。哈尔沃吃力地走着，他知道只有在森林的最深处才能找到精灵。

他甚至听到了巨人伐木的声音，但他继续勇敢地往前走。

终于，哈尔沃再也走不动了。前面的树紧紧缠绕在一起，他没法走过去。于是，他在一根苔藓覆盖的树干后坐下，睁大眼睛，静静等候精灵的出现。

大约一个小时后，一个细长的身影从他眼前滑过。是精灵。哈尔沃一跃而起，抓住了他。精灵疯狂地挣扎。

"你想干什么？"精灵满脸痛苦地问，"一个愿望，是吗？"

"是的。"哈尔沃答道。

"人类，"精灵叹了口气道，"永远让我们无法安宁。"

哈尔沃看着在他手里扭动的精灵，大脑飞速思考该向精灵请求什么。宝石比黄金更贵重吗？妈妈喜欢红宝石还是钻石，或者一座城堡？

"嗨！快点作出决定。"精灵抱怨道，"我还有工作要做呢。"

精灵只能满足我的一个愿望。母亲最喜欢什么呢？

"给我的母亲对她来说最宝贵的财富，"哈尔沃最终说道，"保证她永远不会失去它。"

精灵问道："就这个？"

"是的。我希望她无论在哪里都能得到她认为最宝贵的财富，并且只要她活着，她就能平安地拥有它，请你马上实现我的愿望。"哈尔沃答道。

然后，他松开双手让精灵走了。他发现自己已经站在了家门前。他简直不敢相信自己的眼睛。没错，在他的眼前，是那间最熟悉不过的平房，看上去还是那么破旧，不是他预想中的城堡。也许屋内的母亲已经得到了财宝，他想。

他撞开门。屋内还是老样子，没有别的东西。他的母亲从椅子上跳起来，披在她肩上的仍然是那条破旧的羊毛披肩。

"哈尔沃，我的宝贝。"他母亲哭道，"你去哪儿了？"

"我去做使你富裕起来的事，妈妈。我走进森林，抓住了一个精灵。我请求他给予你对你来说最宝贵的财富，让他保证，只要你还活着就不会失去它。那个小精灵欺骗了我，我们依然贫穷。"

说完，他的泪水忍不住流了下来。他的母亲摇摇头，笑了。

"小精灵没有欺骗你，我的宝贝。"她说，"你就是我最宝贵的财富，妈妈一辈子都会珍惜你。"

她紧紧地抱着他，用结满老茧的手轻轻地抚摸他的头。哈尔沃的泪水仍然不停地流着，但他的母亲却开始大笑起来。最后，哈尔沃也跟着母亲笑了起来。

"你也是我最宝贵的财富，妈妈。"他说。哈尔沃终于领会了妈妈的意思。

哈尔沃的母亲笑了。哈尔沃虽然一辈子都没有成为有钱人，但他从那时起就快乐地生活着。因为他和他的母亲互相拥有着最宝贵的财富。

母亲，请让我给你安宁

兰心小卷

一

最终促使我送走母亲，是因为我的女儿。

那天傍晚，5岁的女儿哭着从外面跑回家，拉着正在做饭的我，流着眼泪问："妈妈，姥姥是不是傻子？"我说："你不要听小朋友乱说，姥姥不是傻子，姥姥只是生病了。"女儿将信将疑地看着我。我蹲下身子，把脸紧紧地贴在女儿的脸上，很久都没有说话，只是不停地用手去擦流出来的眼泪。

母亲的身体在我结婚之前就不太好了。精神恍惚，行动迟缓，记不住东西。谁也没有在意，就连一直知晓母亲的我也没去多想，只以为人上了年纪都是这样。当母亲被确诊患了老年痴呆症的那天，我坐在医院走廊的椅子上抱着头，使劲地扯自己的头发。人生最大的悔恨就是对父母的忽略。这个简简单单的道理，我在那一刻才真正明白。

但母亲终究是病了，医生说只能靠吃药维持。母亲生病以后我变得非常爱哭，吃饭的时候她把嚼了一半的饭菜又吐到面前的盘子里，我侧过脸去悄悄地抹眼泪；我常常看着看着电视就突然跑回房间蒙着被子放声大哭，因为我看见母亲呆呆地坐在沙发的一角，微微张着嘴，嘴角边挂着两行口水。

那天晚上，当女儿尖叫着从母亲的怀里挣脱时，我坚定了自己的想法。我想，已经这样了，只有给母亲找个保姆，让她一个人安安静静地过完最后的日子。

二

保姆找到以后，我和丈夫把母亲送回了老屋。那是一个破败的小四合院，我和母亲在那里相依为命地生活了二十八年。母亲走在最前面，她径自走到她以前最喜欢坐的那张大藤椅上坐下来，两只手不停地抚摸藤椅的把手。丈夫和保姆忙着搬东西，我挨着母亲坐了下来，房间里的每一件旧物上面都遗留着母亲的气息。右边的墙壁上有一个相框，中间是父亲和母亲结婚时的照片。照片上的母亲，温温婉婉地笑着，眼神清亮清亮的。那是 30 岁的母亲。

母亲的家族在晚清是富甲一方的显赫家族，就是因为这成分问题母亲到了 30 岁才和父亲结婚。婚后的第二年，也就是母亲怀孕 4 个月的一天中午，噩耗传来：父亲在工厂里意外地被机器轧伤，送到医院时已经不行了。我不知道母亲是如何熬过那段岁月的。一个女人，要具备怎样的意志才能让自己苍白的脸在生活一再的重创下始终保持着镇定！据外婆说，母亲当时并没有哭，甚至在父亲去世的第二天她还挣扎着坐起身来喝了一碗外婆熬的绿豆粥。她对外婆说，我还有个孩子，我要把她生下来。

我出生后，母亲的身体虚弱到了极点，根本没有奶水。听外婆说母亲生下我没几天就挽起裤脚到郊区的小河沟里抓鱼。两三寸长的小麻鱼，一个上午才抓了几条。路过的人从母亲头上扎的红布看出，这个站在冬天的河沟里摸鱼的妇女刚刚生完孩子。一位好心人送了母亲一些黄豆和花生。那时，这是多么金贵的东西，人家也是留着过年做年糕的呀。母亲每次提起这件事情，总是唏嘘不已。以后每到过年的时候，母亲总要做一些枕头、坐垫或者是小孩子穿的小褂子给那家人送去。"宁愿别人欠着自己的，自己也不要欠着别人的"，这是母亲常常挂在嘴边的话。

三

冬天的时候，母亲把纸盒拿到家里来糊，还兼着帮裁缝铺做一些衣服上的绣花。她坐在那张大藤椅上面，脚边放着一盆炭火。找她绣花的人越来越多，她不得不整夜整夜地赶。有时候她绣着绣着就睡着了，头疲惫地歪向一旁，手里还拿着一件绣了一半的活。可母亲就是这样没日没夜地干，生活依然是清贫拮据。家里买了肉，母亲从来不吃，全部挑到我的碗里。我心疼母亲，偷偷地又给她挑过去。或者是索性不吃，让它剩在盘子里。剩下的不吃会坏掉的，我想等我上学去了母亲会吃的吧。每当这个时候，母亲就会对我发火。那时候，糊一个纸盒才挣 3 分钱。我有时候想，母亲，她到底糊了多少个纸盒才把我培养成一个大学生的呢？

母亲一直没有再婚。母亲的发型也从来没有变过：一丝不苟地全部梳到脑后，绾成一个简单的发髻，露出光洁的前额和明亮的眼睛。艰辛的生活并未使她成为一个暴躁庸俗的女人，她对谁都带着温和的浅笑，但是她很倔强，不到万不得已决不找人借钱或者帮忙。她的手脚极其麻利，每次交的活总是最多最好的。

母亲爱花，尤喜玉兰和茉莉。每年的初夏，院子里玉兰花开的时候，父亲的忌日也到了。每年的这一天，母亲总要仔细地洗了手，脑后别着一枝玉兰坐在桌前给父亲写信。我曾偷偷地翻出来看过，母亲的字，是那种工工整整的小楷。从信上看，母亲并未把父亲当成一个已经故去了的人。她絮絮叨叨地和他拉着家常，还有女儿慢慢长大的喜悦。那个时候，我已经16岁了，母亲的信也已写了厚厚的一沓。

很多年后，我大学毕业了，参加了工作，领导对我一直很赏识，他说我的身上有一股柔韧的力量，但是又不张扬。我想这或许是受母亲的影响。我虽然没有父亲，但是我从来不认为生活于我有什么亏欠。只要我站在母亲的身边，心就是安宁的。

安顿好母亲回去以后，我又靠在丈夫的肩膀上大哭了一场。是的，母亲写给父亲的信，是母亲的脊梁。而孤身带大我的母亲，何尝不是我的脊梁呢？当母亲中断了源源不断地传达给我的那种力量时，我才发现我原来是那么脆弱。

四

我的工作很忙，只能一个星期回去看一次母亲。我坐在那里，看着母亲穿得干干净净地坐在桌子边，保姆小心地一口一口地给她喂饭。母亲的黑发快被银霜染尽，用一个塑料的夹子夹在脑后，她的脖子上围着一个小孩子围的那种卡通图案的围兜。她吃完饭，我坐在她的旁边跟她说话。虽然我知道她不会明白我在说什么，我还是慢慢地给她讲我的工作，讲今天的新闻，讲最近正在热播的电视剧。我告诉自己一切和从前没有什么不同，母亲还是那个母亲，只是她再也不会出声附和了而已。

过了几个星期，单位派我去外地出差。出差回来，我没有回家，一下飞机就直接去了老屋。正值夏天，院子里的玉兰花开了，满院子的空气都是香的。但是我的心不应景，几个月没有见到母亲了，我像想念自己的女儿那样想念着母亲，恨不能马上见到她，多等一分钟也不能。刚走到门口，我就听见保姆尖厉的四川口音："你这个老太婆简直不识好歹，喂你吃你偏要吐出来，要不是你女儿给钱大方，谁愿意来伺候你这个老废物。"我气得浑身发抖，"哐当"一声把门推开。保姆正用勺子使劲地把饭往母亲的嘴里塞，母亲的腮帮子高高地鼓起，满脸的惊恐，喉咙里发出咕噜咕噜的声音，饭不停地从她的嘴巴里往下掉。我几乎是用尽全力，一把推开站在一旁的保姆。母亲还是那样惶恐地看着我，她满脸的油污，头发不知道多少天没有洗了，在两鬓头发稀疏的地方，污垢明显可见。我扯掉她脖子上的围兜，她的颈部和瘦削的锁骨上，汗水混着污垢流成了一条条的小沟。妈，我双膝一软，跪在了母亲的面前，任泪水濡湿了我的脸。我不敢抬头，无颜面对母亲的脸，心里的愧疚比得知她生病时更甚。我以为请人来照顾她，便已经尽了女儿的本分，可是我发现自己错了，错得那么离谱。用钱雇来的人怎么会从心底里真的去怜惜母亲，明白她的需要呢？一生喜好洁净的要强的母亲若有清醒的时候，看见自己这个狼狈的样子，只怕会感觉生不如死吧？

打发走保姆后，我把母亲扶进卫生间，给她洗头洗澡。母亲的脸色平和了许多，像个温顺的孩子那样配合着我的动作。洗完后，我找了一件母亲从前最爱穿的蓝底白碎花的旗袍给母亲换上。我要带母亲回家，我要每天搀扶着清清爽爽的母亲去散步。

换完了衣服，我对着镜子仔细地给母亲梳头，梳她惯常的那个样式，所有的头发一丝不苟地梳到脑后去，利索地绾成髻。母亲看起来很精神，像一个因迷失而在外面流浪多日后终于找到自己的家的孩子。我知道，母亲的脑细胞在一天天死去，她的时间不多了。作为女儿，我要让母亲在剩下的日子里，每天都感觉到安宁，就像我年幼时站在她身边的感觉一样。

当你们老成我的孩子

安 宁

大学毕业后我在岛城的一家电台做 DJ，工作忙，也没有男朋友，父母知道了千方百计地找理由过来，想要把我养成儿时那般白白胖胖。

向台长请了假，带他们去了我租住的房子。我直截了当地问父亲，你和妈是在这儿玩两天，还是真的要长住？母亲习以为常地回给我一句：我听你爸的。

有点耳背的父亲大声嚷了一句：我和你妈把老家的房子都租出去了，你让我们回去在马路上睡？

这一句灭了我想一个人逍遥的希望。我花了一天时间，终于寻着了一个两室一厅的房子，再往返几次搬我乱七八糟的东西，人几乎累得散了架。第二天做节目，频频口误，下了节目还没来得及开溜，就被台长叫去狠批了一顿。

回到家看到乐滋滋地做饭的父亲，忍不住发脾气：都是你们，非得为了在老家人面前摆面子，跑到岛城来，让我工作出这么多差错！父亲没听清楚，照例在厨房里忙活，还哼着小曲。母亲走出来，像做错了事的小孩子，低声说："孩子，你爸其实是担心你一个人在这儿受委屈，想家的时候也没个地方去，所以才……"我苦笑着，默默走到厨房里去帮忙。

怕他们孤单，我提出要给他们买台电视。父亲却神秘地制止了我，从衣兜里拿出一个小型收音机来，得意地朝我晃晃：早就准备好了，我们是一路听着你的节目过来的，有你的声音陪着，走丢了都不怕。

原来父母像上班一样准时收听我的节目，从早上七点的《新闻早报》，到晚上十点的《情感热线》，他们一次不落。

他们津津有味地评点我的每一位同事，在他们"公正"的评点里，每一个人都有不如自己宝贝女儿的地方。他们的快乐那么真实、鲜明，甚至让我都有些微微的嫉妒。如果他们给我带来的诸种麻烦，能够换来一些可以触摸的欢欣，我是宁愿要这些烦恼的。

他们每天必做的另一个功课，是记录我们电台的《鹊桥相会》节目。听到有好的小伙子的材料，他们会立刻记下来，打电话去索要联系方式，两人亲自去相。

有一次我同事开玩笑地说：你是不是让你老妈在征婚啊，怎么我听着那老太太的描述，跟你那么相似？回家后去问母亲，他们果然做了这样的傻事！我又气又笑：你们是不是担心你们女儿嫁不出去啊，放心吧，追我的有一个排呢。

他们当了真，千方百计地让我把未来的女婿带回家看看，还偷偷地跟到电台，看我是不是真的被一个排的男人缠着。我偶尔探出头来张望，看到他们"鬼鬼祟祟"地在广场上溜达，装作无事般地走开。

确信我并没有谈恋爱，他们着了急，竟然跑到被同事们戏称为"人肉市场"的地方去为我相亲。要不是同事采访回来将拍摄到的照片拿给我看，我是真的不会相信他们会做出这种让我丢面子的事情。

吃晚饭的时候，我将同事拍到的照片狠狠摔在他们面前。

如果你们想让我在整个岛城"臭名远扬"，永远嫁不出去，那么你们就继续在外面给我去出丑。你们看看哪个同事的父母，这么满大街地为自己的儿女征婚？你们明明知道帮不了我的忙，还要千里迢迢地跑过来！我告诉过你们多少次，我不是两三岁的小孩子了，我完全可以照顾好自己。

太过气愤和激动，手边的碗被我不小心碰到了地上。一声脆响后，母亲慌忙起身将我推到一边，小心翼翼地收拾着地上的碗筷。我的泪，终于忍不住哗哗地落下来。

晚上十点钟的《情感热线》，我因为没有听母亲多穿衣服的忠告受了寒，无法做节目，只好让同事代替。但我并没有回家去，我不知道怎么面对父母，只好边听节目，边想着去哪儿熬过这尴尬的一夜。

迷迷糊糊中，听到节目中一个很熟悉的声音，正在向同事倾诉着："我们只是想来照顾她，没想到反而给她添了这么多的麻烦，都怪我们一时糊涂，让她丢了面子。我们只想告诉她，不管她长到多大，她在我们眼里，依然是个孩子。这几个月里，看到她能一个人租好房子，将工作做得那么优秀，我们也可以放心离开了。我们还是希望她能尽快地找个好男孩，安顿下来。我们刚买了车票，来不及给她说再见。还有，外面下雪了，回家的时候让她小心点，别滑倒了；锅里有新做的莲子粥，别忘了喝……"

我发疯般地打车去了车站。候车室里，一眼便看到了头靠着头几乎要睡着了的父母。我的眼泪疯狂地涌出来。他们多么像我小时候，挨了批，不敢回家，一个人躲在他们可以找得到的地方，等他们将假装睡着的我抱回去。

我努力地挤出嗔怒撒娇的表情来，说："你们如果不想让我一个人孤零零的，就赶紧跟我回家去，晚饭没吃好，还等着你们去做呢……"

我没有揭穿他们没有买车票等我来接的"小把戏"，他们的尊严有时候是像小孩子一样不可侵犯的。我知道，我在他们的呵护里慢慢成长，他们也在我日渐自立与成熟时，渐渐老成需要我来哄来骗来疼惜的两个"孩子"。

去台湾看父亲

缪新亚

20世纪40年代末我们一家三口被迫分离，父亲去了台湾，母亲回到长沙，后来他们就各自为家，我则留在上海。失散40年后虽彼此有过几次见面，但毕竟像一段打过补丁的亲情，无法复原。直到最近，我终于有了一个机会去台湾探望父亲。

台北，金碧辉煌的圆山饭店大堂，冷飕飕的，酒吧里不时飘出悠扬的乐曲。我端坐在沙发上，眼睛直直地盯住大门，等着同父异母的弟弟驾车来接我。又有一支乐曲曼妙地奏起，绵长而哀怨。我并不懂音乐，然而当耳畔响起这首乐曲时，我似乎听懂了。自从去年探望生母之后，总有一种说不清、道不明的感觉凝结在心头，此时，似乎一下子化解了，一种甜蜜而又微带酸楚的滋味开始浸润我的整个肺腑，传递到周身的每一根神经。出于好奇，我很想知道这首乐曲的名字。问了好几个侍应生才告诉我，曲名竟然就叫《我的父亲，我的母亲》！世上竟有这等巧事？也许是冥冥中的偶然，也许是混沌中的必然！

感叹之中，却瞥见大门口有一群人拥进。定睛一看，是弟弟、弟媳扶着手拄拐杖、蹒跚而行的父亲，后面是妹妹挽着母亲，我急忙起身迎上去。6年未见的父亲，由于疾病的折磨，变得更加衰老和病态：双颊深深地塌陷，眼睛混沌而无神，嘴巴经常半张着，不时流着口水。只见他看到我的一刹那，眼睛瞬间变得亮了起来，突然丢掉了拐杖，挣脱了搀扶，颤颤巍巍地抱住了我，嘴里还含糊不清地说着什么。我只觉得他的整个身体都在颤抖，而且幅度和频率都很剧烈，让我的心也跟着一起颤动起来。刚才充斥我神经的甜蜜而酸楚的感觉，一下子全化为眼泪，满面流淌，落到了嘴角。近几年来，在电话里，不断听到父亲病情加重的消息，去年开始肌肉频频僵硬，一旦发作起来全身肌肉僵直并剧烈地疼痛，需要有人不停地按摩才能化解。因为这个，父亲变得不肯走路，只有在家人的劝说下，才会极不情愿地在房间和客厅之间来回走上几圈。今晚他却执意要来，说是我工作行程太满怕见不到我。刚在沙发上坐定，父亲突然面部抽搐起来，嘴里连连喊着"痛""痛"，声音短促而含混。弟弟一边说："父亲的肌肉又僵了，空调太冷了，要赶快离开。"一边赶忙扶起父亲，嘴里还不住地喊着"抬""抬"的口令，随着口令，父亲才会机械地交替抬起双脚慢慢地移动。好不容易让父亲"逃"离冷气十足的大堂，坐进轿车后座。回到家里，明亮的客厅里母亲和妹妹一面不停地给父亲腿部的肌肉搓揉、拍捏，一面嗔怪说："叫你不要去，看弄成这样子！"父亲脸部僵硬的肌肉渐渐地松弛舒展，他咧开嘴，孩子似的笑了，眼角滚出一颗泪珠，晶莹而硕大。我相信，这泪一定是甜中带酸、酸中有甜的。

七天的考察，日程满满，行色匆匆。重回台北后，最后一晚又因为饯行晚宴不能推托请假，于是便和家人约定，还是到宾馆见面。我希望父亲当晚能来，但又不忍心让他自己走来。想到上次见面的情景，我在电话里始终不敢询问父亲是否能来。宴会结束，刚回到宾馆，客房门铃就响了。门一开，只见全家簇拥着坐在轮椅上的父亲，让我感到意外，更让我感到惊喜！弟妹告诉我，为了却父亲的心愿，这两天他们专门购置了轮椅，还专程到宾馆"侦察"地形，今天他们走的是没有空调的员工通道。

5月的台北，天气已经开始变热，因为不能开空调，又一下子涌进这么多人，大家都感到很热。然而更热的是房里的气氛，相机记录下了这令人难忘也令人难过的瞬间。画面中每个人的脸上都荡漾着笑容，每个人的眼眶里都闪烁着泪花，甜甜的、酸酸的，为全家的团聚，也为以后的有缘相会。

道别之吻

〔美〕托马斯·查尔斯·克拉瑞　丹　硅 / 译

董事会议结束了，我们开始讲述起各自最尴尬的时刻来。弗兰克一直静静地坐在那里听别人讲。轮到他了，有人说："讲吧，弗兰克，把你最尴尬的时刻讲给我们听听。"

弗兰克大笑起来，开始向我们讲述他的童年："我是在海边长大的。我爸爸是一个渔夫，他喜欢大海。他有自己的小船，但靠捕鱼谋生太艰难了。他辛苦地干活，不捕到足以养活全家的鱼就一直呆在海上不回来。爸爸不只要养活我们这个小家庭，还要养活爷爷奶奶。"

弗兰克看着我们，说："我希望你们见过我的爸爸。他是一个身材魁梧的男人，因为拉渔网和捕鱼与大海搏斗而长得身强体壮。当你靠近他的时候，你会闻到他身上那种海洋般的气息。他经常穿着那件饱经风霜的旧帆布外套和那条带围兜的工装裤。他的雨帽会被拉下来一直遮到眉毛上。不管母亲将它们洗多少次，它们闻起来仍然有海和鱼的气味。"

弗兰克的声音稍稍降低了一些："天气不好的时候，他会开车送我去学校。他的那辆旧卡车是用来经营他的生意的，那辆卡车比他还要老。在马路上行驶的时候，它会发出呼哧呼哧、咔嗒咔嗒的声音，你在几个街区之外就能听到它驶过的声音。当他向学校驶去的时候，我会把身体蜷缩进座位里，希望自己消失。他经常会猛地将车停下，那辆卡车则会喷出一股烟。他会把车正好停在学校门口，似乎每一个人都会站在旁边观看。然后，他会向我俯过身子，在我面颊上亲一下，告诉我做一个好男孩。我觉得是那么尴尬，当时我已经 12 岁了，而我的爸爸还会俯过身子，给我一个道别的亲吻！"

他停顿了一下，然后继续说道："我记得那天。我认定我已经长大了，不再适合一个道别的亲吻了。当我们到达学校，将车慢慢停下来的时候，他的脸上洋溢着惯有的微笑，他开始朝我俯过身子，但我抬起手挡开了，我说：'不，爸爸。'"

"那是我第一次那样对他说话，他脸上露出了吃惊的神色。"

"我说：'爸爸，我已经长大了，不再适合一个道别的亲吻了。我已经长大到什么吻都不适合的地步了。'"

"爸爸看着我，看了很长很长时间，他的眼睛里开始有泪涌出。我从来没有看见过他哭。他转过头，看着挡风玻璃的外面：'你说得对。'他说，'你是一个大男孩了——一个男子汉了。我不应该再吻你了。'"

弗兰克脸上的表情很奇怪，当他说话的时候，泪水开始涌出他的眼眶："在那之后没过多久，爸爸出海后就再也没有回来。那天，大多数的渔船都没有出海，但爸爸出海了。他有一大家子人要养活。他们找到他的船，发现他的船和渔网正漂浮在海面上，一半在海平面上，一半在海平面下。他一定被卷入了一股强风中，并且努力想挽救他的网和网里的东西。"

我看着弗兰克，眼泪正顺着他的面颊流下来。弗兰克又开始说话了："伙计们，你们不知道，如果我爸爸能再在我的面颊上亲一下，只要一下……让我感觉一下他那粗糙的脸……闻一闻他身上的那种海洋的气息……享受他的胳膊搂着我的脖子时的感觉，那么，要付出什么我都愿意。我希望那时候我是一个男子汉，如果我是，我就绝不会告诉爸爸我已经长大到不再适合一个道别的亲吻了。"

父亲的节日

金 鑫

那一天，参加一个集体宴会。一个长得很帅气的小男孩，转到我面前，扬着手中的一束花花草草，很兴奋的样子。这个调皮的小家伙，在一排花篮上抽抽取取，制作了一束鲜花。我逗他："给我吧。"他立刻紧张起来，将花别到身后，一口回绝："不行，这是给我爸爸的。""为什么要给你爸爸呢？"我问。他扬起小脸："明天是父亲节呀！"

哦，是父亲节。我当着众人的面夸奖他："真是个懂事的孩子。"不料，他又扬起小脸，很认真地问我："你给你爸爸准备礼物了吗？"这一问竟让我无法回答。因为，我还未曾想到过给我的父亲准备礼物。

孩子看出了我的窘相，抽出一枝康乃馨，放在我的手里，"喏，你把这花带给你的爸爸吧，他一定会很高兴的。"我接过花，看着他那张天真的笑脸，觉得这孩子是个有心人。

第二天早晨，是星期天，父亲来看我们了。父亲来，事先没有告诉我。他敲门的时候，我们还在梦乡中。看到父亲，我突然想起昨晚小男孩给我的花儿。那一枝花儿，我压根儿没有考虑带回来，顺手放了饭桌上。我猜想，父亲知道今天是父亲节吗？

敲门声也唤醒了女儿，她揉揉眼睛，跳下床，来到我的跟前："爸爸，把眼睛闭上。"我以为她要跟我撒娇，或者做捉迷藏的游戏，便佯装闭眼。她从枕头旁边拿出一个手工做的桃子，放到我的手上。待我睁开眼，她在房间里欢呼雀跃："父亲节快乐，请爸爸吃桃子！"

父亲看着女儿，女儿看着我，我看着父亲，场面有些尴尬。父亲嘀咕了一句："父亲节？"随即像明白了什么似的，一个劲儿地夸着女儿，真是个懂事的乖孩子，将她引到阳台上玩。父亲的举动，很明显是在帮我解围。这一天，毕竟是父亲节，可我连一件礼物都没有准备。想到这儿，我的表情有些不自然。

过了一会儿，父亲又走过来，在裤兜里摸了半天，摸出一个鼓鼓的信封来，摆在桌上："听你母亲说，你们买房子缺钱，我们想办法凑了点，你收好了。"我坚持不要，父亲显得有点不高兴："咱们父子之间谁跟谁呀，等你们日子过好后，再孝敬我们也是一样的嘛！"见我接下钱，父亲又开了口："老家的杉木已成材，还有一些槐树楝树，都伐倒了，放在河里浸泡，等秋凉时，就能动手打几件家具了，我们也帮不上你们什么大忙，能帮多少算多少。"

没说几句话，父亲就要走。留他吃饭，他说："家里正忙着插秧，你母亲叫我早去早回。"母亲前几天刚从我这儿返乡，一定是她与父亲商量好了的。父亲说走就走，临行前，他到我的书房里，试探着问："能不能把你写的书给我几本，带回去给庄上的人翻翻？"

拿书的时候，我突然发现书橱上有两张票，便递到父亲手里。父亲很开心："是戏票吗？等秧插完了，陪你母亲来，她喜欢看戏哩。"

父亲拿着书，又带着戏票，欢欢喜喜地走了。我手里捏着父亲送来的厚厚一沓钱，沉默了好一阵子。

爸爸会回来的

〔美〕沃伦　李荷卿／编译

　　机场里的人差不多都走光了，只有少数几个孤独的旅客在出口处徘徊。沉默笼罩着整个大厅，我和妈妈站在领取行李的地方，等着她的朋友的到来。

　　"妈妈，"我小声说，"我不想去。"

　　"嘘，莉娜，"她回答，"许多年前，在你还是一个婴儿的时候，我就对莉莎许诺，我们会来看她的。"

　　"我不想去，我不想在这个不知名的地方过暑假。"

　　"你知道，我在上小学的时候就认识莉莎了，我们是老朋友了。我们一直计划将来住在邻近的地方，成为邻居。但是，当战争开始的时候，她随丈夫搬走了……"

　　我不想再听了。妈妈没有注意到这一点，她完全沉浸在回忆中了。我对她很生气，因为在 1981 年的夏天，她把我拖到肯塔基州的这个不知名的地方。

　　整个夏天全完了！我家住在曼哈顿的高级住宅区，我总是在家里过暑假，和我的朋友们一起。

　　"苏珊！"

　　我惊讶地抬起头来。一个身材高大的红脸女人正张开双臂向我的母亲冲过来，脸上漾着大大的微笑。

　　"莉莎！"妈妈尖叫一声，就和她拥抱在一起。她就是我母亲最好的朋友。

　　莉莎上下打量着我。"我敢断言，苏珊，"她说，"她当然不会是你跟我提起的那个婴儿了，不是吧？啊……这个女孩已经长成一个大姑娘了！"莉莎微笑

151

着看着我。

我不知道该说什么，所以我什么也没说。

"今天外面很热。"莉莎边说边领着我们向她的汽车走去。那是一辆破旧的脱了色的敞篷小型载货卡车。"你穿长裙和紧身衬衣一定会有一点儿热。在 4 月中旬，我的孩子们就全都穿短裤了。"

我低下头看了看身上穿着的格子花呢长裙和白色的紧身衬衣，注意到自己已经开始出汗了。

车外面已经是酷热难当了，不过，肯塔基州的乡村真是令人赏心悦目，有连绵起伏的黛绿色群山和翠绿色的农田，还有许多像水晶般清澈透明的小溪和可以游泳的深水潭……

莉莎的农场就在一座山坡上，种着西红柿、玉米和南瓜，但她并不亲自耕种。"我雇了几名工人。"她告诉妈妈。

房子是用木头造的，但是外面刷上了黄色的油漆。屋子里稍微有点儿凌乱，但是很舒适。领我们走进去的时候，莉莎向四周看了看，"这些天，我的孩子们都到处乱跑着玩去了，"她告诉妈妈，"我有四个孩子。我的长子约翰正在上大学，还有萨姆、艾尔森和最小的贝丝。萨姆今年 16 岁，贝丝 7 岁，艾尔森和莉娜差不多大。"她没有提到她的丈夫。就在此时，一个女孩从后门跑进来，她穿着短裤和一件黄色的 T 恤，赤着脚，金色的头发像瀑布一样披散在脑后。她跑得气喘吁吁，两颊绯红，淡褐色的眼睛闪闪发光。莉莎微笑地看着她，"你来了，艾尔森。我正在跟苏珊和莉娜说你呢。"她转向我，"莉娜，这是我的女儿艾尔森。"

艾尔森上下打量了我一番，然后微微一笑。"我带你去看你的房间，"她说，然后领我上楼。"你和我还有贝丝住一个房间，我想你的妈妈要睡睡椅了。"她打开一个房间的门，里面有一对单人床，地板上还支着一张轻便小床。这个房间没有油漆过，但是有一个向外可以望见田野的窗户。

"你可以睡我的床，我不介意睡在这张轻便小床上。"艾尔森告诉我。我把行李箱放在一张小床上。"你想看看农场吗？"她问。

我耸了耸肩，"好啊。"我同意了。艾尔森领我去看畜棚，"我们养了两匹马，一匹是褐色的，叫巧克力；另一匹是有斑点的，它其实是一匹参加过比赛的马，但我们把它当作宠物来饲养，它的名字叫月光，这个名字是贝丝起的。"

艾尔森领着我参观了整个农场，从绿色的山坡到阴凉的树林。这片土地是美丽的、肥沃的，和城市一点儿也不一样。我立刻就喜欢上了这里。艾尔森把她最喜欢的树指给我看，还有那蜘蛛结的网、浣熊的足迹以及天空中飞翔的老鹰。太阳洒下一道金光，照耀着野花和土地。我感到一种前所未有的自由。艾尔森时而微笑，时而大笑，还唱着小曲儿。"我喜欢这个地方。"她告诉我。

"我也喜欢。"我说。我说的是真心话。

艾尔森笑了。

在肯塔基州的日子里，时光过得飞快。艾尔森带我去看游泳的深水潭和她的穿过树林的秘密小路。她教我如何骑那匹名叫月光的斑点马。我很快就换下了我那呆板拘泥的长裙，换上短裤和 T 恤。艾尔森带我看那片沃土，给我演示如何用刀切鱼肉，如何生火，她还带我看日出。

我以前在纽约的家里当然也看过日出。我观看它的时候通常是慵慵懒懒、半睡半醒的，耳朵还听着妈妈和爸爸在厨房里说话。爸爸没有和我们一起来，他不喜欢旅行。

艾尔森从来没有提到过她的父亲，但她却问过我许多有关我父亲的事。有时候当我们正沿着一条小路散步的时候，她会突然说："你父亲喜欢花吗？还是只有母亲们才喜欢花？"我不知道她问的只是一般情况还是特指我的父母。

在我刚到那儿的时候，有一天早晨，我在那张柔软的床上醒来，身上盖着那条红蓝色的棉被。有人正慢吞吞地在房间里走动，打开衣柜的抽屉，穿上衣服。那时候，天还没有亮，灰白的天空发出一丝微弱的光芒。艾尔森正在把她的头发扎成一条马尾辫，并不时地看看窗外。

"你在干什么？"我问。

她转向我："去看日出。想去吗？"

我很快穿好衣服，匆匆忙忙地梳了梳头发，因为没有时间扎辫子，所以只好让头发披散着。然后，我们急匆匆地越过田野，穿过那一排排整齐的玉米和西红柿地。艾尔森领着我穿过树林，走的是一条我以前没有走过的小路，它通向一座陡峭的小山头，路旁有水仙花、山茱萸和安妮女王花。

我们走近山顶，那里有一棵高大挺拔的枫树。它的树顶挺立于其他所有的树之上，树枝伸向天空。艾尔森开始爬树。"快点，"当她看见我仍然站在树下不动的时候，她不耐烦地说，"你会错过看日出的！"

"我不会爬树。"我稍稍向后退了退。

"不会爬树？"她不相信地摇了摇头，"城市女孩！"

我大怒，但艾尔森没有注意到这一点。她抓住我的手，把我拉向最低的一根树枝。"爬！"她命令道。我照她的话做了，起先还有些迟疑，接着就越爬越快，从一根树枝跳向另一根树枝，大笑声融进轻轻的微风中。当我攀爬那棵枫树，对着绿色的树叶和那光滑的树皮微笑的时候，我感到前所未有的自由。我跟着艾尔森爬到接近树顶的一根粗树枝上。我们坐在那儿观看日出，头上是绿色的树叶天篷和唱着歌儿的小鸟。

开始的时候，太阳只是地平线边缘微弱的橘黄色的光，然后它一点一点地上升，直到升成了一个半圆，发出红光，把天空染成了玫瑰红和淡紫色。金色的光出现了，火焰一样的红球升得越来越高，最终"腾"地一下跳到天空中。直到此时，我一直屏着的气才一下子呼出来。艾尔森快乐地叹息着。

"真美。"我低声说道。艾尔森赞同地点点头。我们坐在那儿，看着天空变成蓝色，直到听到了莉莎喊叫我们的声音时，我们才爬下树，沿着来时的小路向农场跑去。

夏天结束得太快了。我的皮肤被太阳晒成了棕褐色，我的脚底板因为赤足奔跑而变得坚硬，我那原本是褐色的头发几乎被晒成了金黄色，我的心也变得自由。我不想离开了。

可是妈妈正在收拾我们的行李，莉莎已经把那张轻便小床收进了储藏室。艾尔森又领着我四处参观了一遍。在那最后一天的晚上，我们骑着名叫巧克力和月光的马，来到那棵枫树底下观看日落。"就像日出一样美丽，"艾尔森向我保证说，"父亲们喜欢看太阳吗？"我们爬上那棵树，坐在那根粗树枝上。

"艾尔森。"我突然问道。

"干什么？"

"你的父亲呢？"

她沉默了，眼睛凝视着落日。落日发出橘黄色的光，将一道永恒的光抛洒在地面上。风轻轻地吹拂着树叶，树叶发出轻微的沙沙声。我们坐在那里，注视着这一切。

"他去打仗了。"她突然说，说得如此直截了当。这打碎了笼罩在我们之间的平静。

"可是，战争多年前就结束了。"我还没来得及多思索，就把话说了出来。

"他会回来的。"她轻轻地说。突然之间，她看起来是那么的脆弱，我认为她可能会垮掉。我用胳膊搂着她，她开始哭，但没有哭出声来，只是默默地哭。与此同时，我在肯塔基州最后一天的太阳也在慢慢地落下。

现在，我回到纽约了。我们回来的第一天，我对救护车的尖叫声和汽车的喇叭声沿着中央公园西边的马路响个不停的现象似乎很奇怪。我注视着街上的车辆，穿过马路，走进公园。我发现自己的心里正想着山上的那棵高高的枫树。我不知道中央公园里会不会有能爬上去的树，我从来没有尝试过去找一找。

一场小雨正敲打在窗玻璃上，但是透过雾气蒙蒙的云层，我能够看见太阳正位于纽约的上空。我把头抵在玻璃窗上，"谢谢你，艾尔森，"我心满意足地想，"为这个夏天的美好时光谢谢你。"

告诉美芽我爱她

凌霜降

1

不要联想到那个人尽皆知的坏儿童小新，也不要联想到那个有点可怜的妈妈美芽。因为这个美芽比那个美芽要可恶很多倍，而我这个小新要比那个小新乖无数倍。

可是美芽还是很不满意。很多人，包括我们的亲戚和邻居都觉得美芽提早进入更年期并且把更年期无限地延长了 N 倍。美芽甚至非得让我直接喊她的名字而不是妈妈，她不允许我把她喊老了。

可恶的美芽还曾把我和一个 MM 的聊天记录打印成稿在左邻右舍中发了 N 份，然后告诉别人说：你看吧你看吧，上网就这个坏处，我家小新居然都成了 40 岁的老男人，还去骗人家小女孩的感情，多坏！一时让我在小区里再无立足之地，天天上学放学都像过街的老鼠，甭提多丢人了。其实我只不过了安慰那个据说父母离异天天想着自杀的小女孩才扮成熟。我招谁惹谁了呀！

我知道美芽唯恐天下不乱，八卦多事到能把芝麻绿豆大的事儿说成世界末日，可我是她儿子，她怎么忍心拿她儿子的私生活作为她的八卦作料？

我 17 岁了，可是比一个 7 岁的小孩更没有自由。这样的生活让我觉得我很快会身心发育不健全，然后成为一个和美芽差不多的疯子，至少我很多时候认为她是个疯子。

2

从小到大，我极少让美芽出现于我的学校生活中。我甚至不喜欢提到我的妈妈，宁愿别人在背后偷偷地说梁小新是不是没有妈妈呀。没有妈妈不是什么可怜的事情，有一个像美芽这样神经质的可怕的妈妈才是人生的不幸。

这些我并不知道，是我的哥们儿小蔡告诉我的，我的寡言使我成了全班女生眼里的忧郁少年。其中还包括小蔡最欣赏的杨意柳。

正说着，小蔡忽然停了下来，然后很风骚地喊："杨意柳，我们在这儿。"晕，我们只穿着泳裤还没有下水，小蔡这家伙也不怕难为情。事实上我不是很习惯穿得这么少在自己很有好感的女生面前出现，那感觉比较丢脸。

嗨，小新。杨意柳走近，向我打招呼。她穿着条小吊带裙子，很可爱的样子。我不知道为什么忽然有点慌，刚想说什么，我的脚却很不配合地滑了一下，结果，我虽然没有很丢脸地滑倒在地上作四脚朝天状，但也很没面子地掉进了游泳池里喝了好几口水。偏偏在水中还听到小蔡叫："晕，见到女生而已，你不用这么丢脸地用摔倒作为回报吧？"

3

游泳池事件后，小蔡提议一起去喝东西。吃冰的时候，我们相谈甚欢。我忽然发现杨意柳比想象中要可爱得多。走的时候她说："以后游泳叫上我啊，和你们一起很开心！"

小蔡很爽快地满口答应，我则左顾右盼看看周围是不是有美芽的眼线。有时候我觉得自己简直是生活在万恶的旧社会里的地下党人，时刻警惕着以美芽为首的特务的监视和迫害。

路上，我拿出 MP3 听英文的时候，小蔡扯过去："我说梁小新，你那么用功做什么呀？你成绩已经快成状元了好不好？"我懒得理他，难道我要告诉他我就是要考到离这里最远的地方而远离可怕的美芽吗？

第一次发现回到家里竟然半个人都没有。赶紧打了老爸的手机，不通。坐了好一会儿，怎么也想不起美芽的手机号是多少。8点，我啃完了第二包方便面，门仍然没有什么动静。9点，电话终于响起，是美芽在那边哭："小新，我们在医院里。爸爸今天被车撞了。"

我一阵眩晕，赶紧问地址，偏偏美芽只顾着哭，半天没说出一个字来。我只好挂了电话，查来电号码，然后把家里的存折和钱都带上跑出门。果然不用指望美芽会在出门的时候记得带上这些东西。八成是医生在急救，她在外面哭，然后发现忘记了带钱哭得更厉害。

完全晕掉，唉。

4

忽然发现手术室外面的走廊很空，很长。美芽还在哭。声音在走廊里来来去去，让我烦躁得像一颗将爆的炸弹。

妈，你能不能安静一点？我试图让她安静，她却哭得更厉害："混蛋小新，都怪你。今天和谁去吃雪糕？一个高中生，你居然就和人家约会。都怪你。我想过去找你问清楚，害你爸爸被车撞倒。混蛋小新！"

我完全呆掉。不难想象一定是美芽发现我和杨意柳在吃东西，然后冲动地要穿过马路，再然后，我可怜的爸爸为了救她不幸被轧于车轮下。

刘美芽！你给你身边的人一点儿安静，给自己一个机会好不好？你就不能控制一下你的好奇和冲动，就不能像一个真正的大人一样成熟一点吗？或者，美芽从我出生到现在，都不曾见过我这样吼她。或者，我这个儿子这样的态度让她感觉到害怕。她忽然静了下来。

而我却没法儿安静："你想过没有？你这个样子，给我和你身边的人多大的压力？你以为你还是一个 15 岁的小姑娘吗？你不能做一个稍微像样一点的妈妈吗？你已经 38 岁了，不是 18 岁，我是你的儿子，我才是 18 岁，我需要一点点健康长大的空间和自由。"

当我说完的时候，美芽看我的眼神，就像我是她不共戴天的仇人，又像我是迫害良家妇女的黄世仁，看了好一会儿，直到我的心里发毛得够格之后，她"哇"的一声大哭起来。我目瞪口呆，我早就应该知道，我是不能和美芽说任何道理的。对于她来说，任何道理都是废话一堆。

路过的护士们都对我这个不孝儿子投来鄙视的目光。那一刻，我发誓：我绝对绝对要远离这个女人，尽管她是我的妈妈。

5

我每天往返于医院和各种补习班之间。美芽很多时候不愿意去医院，她认为医院的气味很奇怪，让她难受。她只是在邻居之中，不断地对人说因为发现我早恋而冲出马路，爸爸为救她而住院的事情。不断地说不断地说，像祥林嫂一样。邻居和我都习惯于她的这种行为，很难得的是原来世间还真有那么多无聊的人陪着美芽一起说这些事。

爸爸很幸运，但也要一个月之后才可以出院。美芽宁愿跟踪我，也不愿意到医院去照顾爸爸。我自然再不敢，也没有空约上小蔡和杨意柳去游泳。一来美芽总在跟踪我，二来我要照顾爸爸。

爸爸出院的那一天，美芽终于亲自到医院来接他，打扮得很漂亮。在坐在轮椅上的爸爸身边转圈：我漂亮不？爸爸很高兴地笑着说很漂亮。我站得远远的，冷冷地看，幸好美芽没过来缠着我，要我赞美她漂亮。

我忽然很同情爸爸，他需要多大的耐心，多深的爱情，才可能容忍一个像美芽这样的妻子。

6

终于到了高三。忙得已经没有什么时间去和小蔡聊漂亮女生或者谁暗恋谁。我只想考一个远离广州的大学，这是我心中唯一的目标。

美芽仍然时刻注意着我的行为。她从来不问我的功课好不好，她只是一如既往地翻我的笔记，偷开我的电脑，试图破解我的QQ密码，诸如此类。有一天，她对爸爸哭，她说："小新都不让我了解他，小新好像在恨我。"我听到爸爸在叹气："美芽呀，你什么时候才会好呢？"

高考前一周，爸爸说要带美芽去旅游，居然就真的去了。也不管我这个儿子正在经历人生最大的考验。

收到中大录取通知书的时候，爸爸很高兴地买了葡萄酒。美芽很快喝醉睡了。我想幸好美芽喝醉的时候是安静的。爸爸说："小新，我以为你会考到北京或者什么地方去。"我拍着他的肩膀说："爸，你辛苦了。以后我会和你一起照顾美芽。"爸爸显然有些惊讶："小新？"

是的，我知道了。美芽在我1岁的那年，因为抱着正在发烧的我赶去医院而从楼梯上摔了下去，我没事，美芽的头却撞伤了，甚至伤及神经，智力衰退到只有15岁。我说："你们去旅游的时候，我收拾房间发现了诊断书。爸爸对不起。"

没事！爸爸哭了。

7

母亲节的时候，爸爸带美芽到上海去看医生。

我打电话去，美芽不愿意接。爸爸说她在海滩上玩得正开心。我只好说："爸爸，我爱你。然后告诉美芽我爱她。"后来爸爸说，美芽一边玩螃蟹一边哭了。

我喜欢咱们一起过

孙红岩

　　儿子 7 岁的时候，有一次在回家的路上，忽然表情凝重地说："我们班上有一个同学的爸爸妈妈离婚了。"

　　我心不在焉地"哦"了一声。

　　他奇怪地问我："妈妈，你怎么不说'好可怜哦'？"

　　我正往卖水果的地方张望，考虑买哪家的橘子，就顺口说："好可怜哦！"

　　他又说："咱们后面楼上的那个小孩，就是整天跑步的那个，他的爸爸妈妈也离婚了。"

　　我继续说："好可怜哦！"然后开始挑选橘子。

　　买好后，我顺手递给他一个。他却不接。

　　又走了几步，他突然像鼓足了勇气似的小心翼翼地问我："妈妈，你会和爸爸离婚吗？"

　　我坚决地摇摇头说："不会的，你放心吧！"

　　可是，他不放心，继续追问说："如果离了呢？如果离了，你会要我吗？"

　　看着他认真的表情，我不好再敷衍，就问："你呢，你愿意跟谁？"

　　他紧紧拉着我的手，说："我当然愿意跟妈妈！"

　　我搂着他瘦弱的肩膀，坚决地点点头说："儿子，妈妈也绝对会要你！妈妈可不会把你丢给后娘。"

　　儿子放心地笑了，主动要了一个橘子吃。

　　橘子只吃了一半，他忽然像才想起一件大事似的问："妈妈，我跟你，可以带一个人吗？"

　　我觉得好笑。这小家伙，怎么假戏真唱了呢？于是我说："好吧，允许你带一个人。你想带谁？"

　　他说："我喜欢奶奶，我想带奶奶。"

　　我装作认真地想了一下，然后说："好吧，允许你带奶奶。"

　　他开心地笑了一下，忽然又说："把爷爷也带上吧！爷爷不会做饭，得跟着奶奶。"

　　我又装作思索的样子，他在一旁丝毫不放弃地求我，我终于郑重地点点头说："好吧！把爷爷奶奶都带上。"

　　儿子非常开心，痛快地吃着余下的橘子。快到家时，他突然又说："妈妈，我还想带一个人。"

　　"不能再带了。"我想不出他还会带谁，就拒绝了他的要求。

　　"妈妈，求求你带上他吧！"儿子着急地说。

　　"好吧！你还想带谁呀？"我有些不耐烦地问。

　　"带上爸爸吧！他一个人过多可怜呀！"儿子说。

　　"哈哈哈！"我禁不住开心地大笑起来，全然不顾招来周围许多人诧异的目光。

　　"把你爸爸带上，怎么能算是你刚才说的离婚呀？"我几乎笑得喘不上气。

　　儿子却没笑，也毫不理会我的问题，他还在求我带上他的爸爸。

　　我边笑边说："好吧，好吧！带上你的爷爷奶奶，带上你的爸爸，咱们一起过！"

　　儿子这次完全放心了，他说："妈妈，我喜欢咱们一起过。"

我和父亲的战争

杨昊鸥

我和父亲的战争一打就是十几年。

战争的初级阶段写满了我的屈辱。那时，我像一只小鸡被他那双练过举重、长满肌肉疙瘩的胳膊架起来，被打得呼天喊地。父亲打我的英雄事迹在我们那条街可以说闻之者色变，晚上隔好几栋楼也能听见我的哭喊声，不知道的还以为是上饶集中营搬过来了。

父亲本着"不打不成才"的指导思想，问心无愧地殴打着他唯一的亲生儿子。我估摸着如果当时有现场摄像的话，那一定会被列入不可公映的限制级。在我的记忆中，衣架、电缆、皮鞋、皮带、竹竿、球拍……都和我的臀部亲密接触过。而获罪的名目也很多，考试没有考好要挨打，练球不认真要挨打，连吃饭插句话脑门上也要挨一筷子。我整天如履薄冰、战战兢兢。当时还广为流传一个段子，说我到医院看眼科，医生说看书的时候要隔一尺远，我说没法量，我家的尺子是用来打我的。

当然，哪里有压迫哪里就有反抗。我曾经用毛笔在报纸上歪歪扭扭地写了"打倒法西斯"，贴在父亲的办公室。这体现了我自幼就有谦谦君子的风度，动口——不，动笔不动手，那时我还没有胆大到敢当面动口的地步。最让我感到屈辱的还不是皮肉之苦，这源于从小父亲就给我讲《红岩》的故事。最窝火的是每次"行刑"完毕，父亲都要瞪眼呵斥："知道错了没有？"我只得声如蚊蝇地回答："知，知道了。"父亲还给我讲过韩信受胯下之辱和勾践卧薪尝胆的故事，让我佩服不已。于是乎，我每挨一次打就在日历上画一个圈，大有结绳记事之意。毛主席说世界

163

归根到底是我们的，我从小就会用辩证发展的眼光看问题，料定了战争的最终结局。

我上初中以后战局开始有了转机，虽然挨打，但我方气势十足已是输阵不输人。每每开战，必是我先断喝一声："不准打人！"常常是话音未落就先吃了一耳光——我挨打是有经验的，巴掌下来时顺势将头一甩，拿捏得就好像指甲在脸上挠痒痒。我不喜欢上课，不喜欢做作业，但这并不代表我不爱学习。王朔在《动物凶猛》里面说：我们心安理得地在学校学习那些将来注定要忘记的东西。我就比较幸运，我初中学的东西至今以至将来都不会忘记。语文教师时常拿我的空白作业本和上课时偷看的《诗词格律》去父亲那里告我的恶状，这时父亲是很开明的，回来又把书还给我。但是，每到考试结束，父亲就觉得脸上挂不住，少不了一顿饱打，之后的一段时间里自然是动辄得咎。我在初中的时候已经长得腰圆膀粗，严刑拷打视若等闲，棒子培养了我棒子一样直通通的臭脾气，父亲大人有时心情不顺施刑于我，我一脸大义凛然，自以为没有错就绝不认错，常常气得父亲吃头痛药。

印象中上高中以后就没有挨过打了，也许是因为父亲要仰起头打我不很方便，也许是因为我还能一把抓住他扇过来的巴掌——我常作此遐想，过瘾得很。

我们采用了实力较为均衡的较量，就是吵架。在吵架方面，父亲的优势是嗓门大，而且有一种毫无根由的居高临下感；我的武器则是三段论。譬如高二选择文理科，父亲一直坚持要我读理科，理由是莫须有的。我的反驳辩论如下：

大前提：聪明而且感兴趣的人读文科绝对可以在人文领域开疆拓土，其成就绝不比读理科差。

小前提：我符合聪明和感兴趣的条件（这一点父亲不能推翻）。

结论：我当然可以而且必须读文科。

我就这样一次又一次在或大或小的战役中一点点地收复失地。当然，父亲的抵抗从来没有退缩过，他是中文系的研究生，读过圣贤或非圣贤的书，这使我们之间的战争有了些文化含量。我们常常在吃饭的时候争得脸红脖子粗，然后两人一起丢下饭碗各自冲进自己的寝室。我和父亲各有两个书橱，一阵哗啦哗啦拉开玻璃门的声音之后，我俩各持一卷冲杀过来。我在历史方面不如父亲，不过有些东西我个人偏执地认为不知亦不为耻。父亲的劣势在于知识构成过于单一，对方位上偏西方和年代上偏当代的东西近于无知，而且理论基础薄弱，这让我有了耀武扬威的天地。有一次，父亲在饭桌上说起余杰骂余秋雨的文章，一边摇头作惋惜状一边感叹："蚍蜉撼大树，可笑不自量！"父亲是喜欢余秋雨的，但他不知道他的儿子当时是余杰狂热的崇拜者。我问："你有没有看过余杰的书？"父亲说没有。我说："没有看过就不要乱说！"得胜的感觉至今想来不胜快哉。

吵架之后，以笔为枪以笔为矛的战斗方式一直延续到现在。最有戏剧色彩的战役是我和父亲同题相竞，结果两篇文章发表在同一报纸的同一版面上；拿着同一天寄到的同一数目的稿费，我们互相得意地对望一眼。以至我现在在外求学，父亲常寄他发表的文章给我以示挑衅。

我是暑假到家才知道父亲原来已经病重卧床多日。父亲见我劈头就是："这半年读了什么书？稿件全部拿出来！"我一边打开包摸出厚厚的一沓稿件递给他，一边说："凶啥子凶！你现在这个样子还能打赢我？"父亲说："来嘛！你还嫩得很！我当年练举重的时候……"母亲在一旁默默地看着血压计，笑了。

我端着可口的午饭坐在父亲的床边，父亲趁母亲不在悄悄地对我说："我吃口辣椒。"我用勺子把盘子里的辣椒舀出来，扔掉，盛起一个嫩肉丸子塞到父亲的嘴里，说："你也有今天！"

带着爷爷拼高考

李渝 辛浪

爷爷是我唯一的亲人

2005 年 7 月，酷暑肆虐下的重庆南川市，已经放暑假的中小学生们纷纷躲在空调房中避暑。但是，道南中学"宏志班"的同学们只休息了几天，又回到学校，开始补课。在暑假过后的新学期，他们就要步入高三，等待他们的是紧张而又残酷的高考。

就在这紧张的时刻，班上的马福元同学从老师那里获悉了一个可怕的消息：他年过 80 岁的爷爷，因为行动不便，在家里摔倒了，现在正卧床不起，无人照料！

爷爷是马福元唯一的亲人！

18 年前的春天，马福元在南川市沿塘乡安平村出生，但他还未来得及叫一声妈妈，母亲就抛下襁褓中的骨肉，狠心弃家出走。从此，憨直的父亲扛起了生活的重担。

就在马福元逐渐长大，对未来充满着幻想的时候，家庭的支柱——他的父亲由于过度操劳，身心疲惫，一病不起，凄凉地离开了年仅 12 岁的儿子马福元和年逾古稀的父亲。

在昏暗的灯光下，马福元和爷爷哭了整整一夜。沉重的打击，过早地考验着这个稚嫩的少年。这个本该灿烂的年龄，从此被生活的重担压得举步维艰。

因为爷爷年迈，因为没有生活来源，因为如果要读初中，就得到离村较远的乡办文凤中学当住宿生。所以，父亲去世后，马福元曾经想过辍学在家，种田并照顾爷爷。

不读书，就当一辈子穷光蛋

没想到，那天晚上爷爷得知他的想法后，生气地大骂了他一顿，甚至想拿柴棒打他。爷爷说："你再不读书，就当一辈子穷光蛋吧！如果你真想为我好，让我过上好日子，就去读书。爷爷用不着你照顾，我的身板还好着呢！如果你能够读好书，考上大学，爷爷就能活上100岁。"

也就在这一夜之间，马福元长大了，成熟了。面对年迈的爷爷，看着破败不堪的家，他明白了只有用自己的知识，才能从苦难中突围而出，才能改变自己贫困的命运，才能让受了一辈子苦，至今仍未享过一天清福的爷爷过上好日子。

初中三年，马福元将大部分精力用在了学习上。他最放心不下的，就是日渐老去的爷爷。每逢周末，他都会用最快的速度赶回家中，帮爷爷准备好一周的饭菜，洗好衣服，打扫好卫生，料理好简单而琐碎的家务活。等一切安排妥当，再三叮嘱爷爷要照顾好自己之后，他又依依不舍地向学校走去。爷爷为了让马福元安心读书，强撑着年迈体弱的身体，自己做饭、做家务，还要打理田地。他将收获的微薄农产，换成马福元的生活费和书本费。

就这样，爷孙俩相依为命，互相支撑，只为实现马福元的求学梦想——用知识去改变贫苦的命运！

在文凤中学读初中时，马福元学习成绩一直保持在年级前十名，毕业后以优异的成绩考上了南川市重点学校道南中学可享受学杂费、食宿费全免的"宏志班"。

这些年来，如果没有爷爷的支撑，马福元的求学生涯，就不可能坚持到今天。

只要爷爷在世一天，我就要尽一天孝

可是现在，爷爷终于倒下了。我能仅仅为了自己的理想，而把爷爷扔在家里不管吗？马福元又一次产生了辍学的念头。他想留在家陪伴爷爷，照顾他的晚年。

爷爷又一次生气了，甚至以绝食来表示自己的反对。爷爷还提出要进养老院，亲戚们都支持他这个想法。

平心而论，马福元并不想放弃自己求学的理想。这是自己为摆脱贫困，抗争命运的一场人生拼搏，他真不甘心就这样半途而废。但他也不想扔下爷爷，更不想把他送进养老院里。马福元想，爷爷不仅是我现在唯一的亲人，而且他以年老之躯，在我最需要帮助和支持的时候，给了我莫大的恩惠。现在是我该回报的时候了，何况爷爷剩下的时间不多了，只要他在世一天，我就要尽一天的孝！所以，无论多么艰辛，我都不能扔下爷爷不管。

为了学习和照顾爷爷两不误，马福元毅然决然地将爷爷接到城里，用80元在和平支路租了一间民房，准备一边念书，一边亲自照顾爷爷。

那天，马福元在出租屋把爷爷安顿好了以后，马上跑到大街上，一个店铺一个店铺地问，一个工地一个工地地打听："你们这儿缺人干活吗？"

是的，贫困是马福元的致命伤，80元一个月的房租已经很便宜了，可对于他来说，却是一笔巨款。还有，爷爷治病买药也需要用钱呀，总不能老伸手向别人要，所以，马福元希望利用暑假想办法赚点钱，好交上房租和给爷爷买药。

马福元在班上"失踪"了，而且连续7天不见人影！这可是从来没有过的事情，学校的老师同学急坏了。他们到处打听，四方寻找，终于在那间破旧的平房找到了马福元和他的爷爷。

道南中学的校长任国君知道这消息后，被马福元的孝心深深打动了，他立刻带着老师前来看望这爷孙俩，不仅个人当场捐出了200元，还决定让学校每月为他提供80元的房租。

带着爷爷拼高考的日程表

时逢高三，本应是全力冲刺的时候，但是马福元没有同龄人幸运，他别无选择，义无反顾地走上了带着爷爷上学的艰难之路。

马福元每一天都安排得满满的，紧张而有序：

早晨6点起床，为爷爷做早饭。

7点钟赶到学校上早自习。

中午放学途中到菜市场买菜回家（一般就是白菜，半个月买一次肥肉），在这间低矮、潮湿的出租屋里，马福元忙着淘米、煮饭，俨然一个年轻的"家长"。一碗炒白菜，一碗辣椒加上米饭是爷孙俩常吃的午餐。

吃完午饭，马福元还得赶紧跑回学校赶下午两点的课；下午放学，也要回家照顾爷爷，给爷爷做饭、煎药。

晚上下了晚自习回家为爷爷做夜宵，之后或洗衣服，或整理家务。最后才是马福元看书做作业的时间。一般马福元要 11 点半才休息，如果做事耽搁了，就推迟到 12 点左右睡觉。

睡觉前，马福元还要用自己的体温，为患有严重风湿性关节炎的爷爷暖被子。

尽管每天都像打仗一样，尽管出租屋里阴暗、潮湿，但马福元总是把家整理得井井有条，堂屋里的一张长条凳是马福元的课桌，书本、资料全堆在这张长条凳上。

一台用 20 元买回的收音机是马福元家中唯一的奢侈品。爷爷靠它打发时间，马福元利用它了解外面的世界。别看他没有电视机、电脑，但是他可能比很多同学更了解国内外大事。

为了爷爷，他一棵大白菜吃了三天

虽然道南中学免除了马福元的全部学杂费用，为他支付了租房的 80 元，还每月发给他 100 多元的生活补助。但为了不给学校和同学增加负担，也为了省下每一分钱，给爷爷治病买药，他自己平时的生活开支能省就尽量省。除了确保爷爷的必需营养和自己学习资料所需外，他从来不多花一分钱。

一天下午下课，班主任周老师在食堂发现马福元拿着一个馒头，问："你晚饭就吃这个？"

马福元平静地回答说："是的。"

当老师再次问到："这样能吃饱吗？还有三节晚自习呢！你多久吃一次肉啊？"

马福元稍微停顿了一下说："老师，我这就行了，哪能吃肉啊？说实话我这种情况，能吃个半饱就够了，我的爷爷也要吃……"

有一次，邻居阿姨给了马福元几个鸡蛋，马福元也留给了爷爷。他担心爷爷知道后不肯吃，就把鸡蛋蒸成蛋羹悄悄地埋在爷爷的饭里给爷爷吃，而自己却一棵大白菜吃了三天……

邻居阿姨知道这事后，逢人就感慨地说："这娃儿将来肯定会有大出息。"

不久前，校办公室袁主任送了一件呢子大衣给马福元。一个月后，在那间阴暗的出租屋里，袁主任发现它穿在马福元的爷爷身上。

"难怪从没看他穿过。"袁主任感叹地说。

马福元羞涩地告诉袁主任，这件大衣是所有捐赠的衣服中最好、最厚、最新的一件。爷爷年老体弱，而且有病在身，他比自己更需要这件大衣。

2005 年 12 月的一天中午，马福元放学回家，捧着一瓶蜂蜜，来到 84 岁的爷爷床前。

"爷爷，我给您买了蜂蜜，吃了可祛除风湿！"

花钱买蜂蜜吃，这可是爷爷一辈子没享受过的奢侈待遇。爷爷有点急了，一再追问马福元钱是从哪来的。

原来，马福元刚获得学校的 60 元宏志奖学金，他自己舍不得用这些钱，在回家路上特地给爷爷买了半斤蜂蜜。

听了孙子的解释，爷爷摆了摆颤抖的双手，一滴浊泪从眼角滑下。

怀着感恩的心去帮助别人

"邻居们经常会送些菜给我，许多同学也带着慰问品来看望生病的爷爷，我打心眼儿里感谢他们。"马福元经常怀着感恩的心，为自己遇到的这些好心人而心存感激。

正因为自己受了别人的帮助，所以，虽然马福元很贫穷，生活捉襟见肘，极为困难，但他仍乐意帮助那些需要帮助的人。

每逢学校一年一度的扶贫捐款日或向其他同学、灾区捐款时，不管老师如何劝阻，他都会尽量表示自己的心意。

2005 年 10 月，学校初二（1）班陈锡阳同学突发急性肾衰竭，学校发出了为陈同学捐款治病的号召。马福元不顾老师劝阻，给陈同学捐款 10 元。

高三（8）班的龚月红同学吃鱼苦胆中毒住院，马福元又从本不宽裕的生活费中抽出部分费用献上了自己的爱心。

我要亲眼看到孙子苦尽甘来

2006 年 3 月，马福元以他的感人事迹，以及他身上体现出的当代中学生积极向上、自强不息的优秀品质，从全国 200 名候选人中脱颖而出，荣获"中国中学生正泰品学奖"特别奖。

2006 年 3 月 30 日，马福元在老师的陪同下，赴浙江参加颁奖仪式并领回了 5000 元奖学金。

马福元高兴极了，领到奖金后的第一件事就是为自己买了一辆自行车。为了照顾爷爷，这些日子马福元都要早、中、晚（自习）在出租屋和学校之间来回走三趟。有了这辆自行车，他就可以节省很多时间，在马上到来的高考冲刺阶段投入更多的时间和精力。

另外，马福元还为爷爷买了一台电视机，帮助他打发时间，增加生活乐趣。

高考在即，已经取得荣誉的马福元一点也不敢松懈。他一如既往地照顾着爷爷的生活，更以全副身心投入到紧张的备考中去。因为，这是他和爷爷共同的梦想——考上大学，用知识去改变贫困的命运。

马福元说："无论多么艰辛，我都会带着爷爷求学，将来我还会带着他走自己的人生路。"

爷爷听了马福元的话，满是皱纹的脸上露出憧憬美好未来的快乐："我要再努力多活几年，亲眼看到孙子苦尽甘来。"

这一次，我抱你

肖欣楠

那个深秋，爸不断地咳嗽，全家人都以为是感冒，谁也没有在意。隔了几天，爸的痰中带了血丝，找村里的医生来打针。几天之后，还是发烧，咳嗽也没好。医生说，去城里看看吧，拍个片子，大概是肺部有炎症了。哥陪着爸去城里医院检查，回来后对我和妈说："爸是咳得毛细血管破了，没事。"

一天下班回家，才知道哥和姐夫带着爸去了天津肿瘤医院。姐告诉我，爸得了肺癌。记得当时我不敢哭，只是呆呆地立着，脑子里嗡嗡响，一片空白，两只手虚弱地合拢，是空虚的感觉。之后，恐惧排山倒海地压下来，压迫着心脏，钝钝地疼。我看着姐，她早已满脸都是泪水。她说，妈还不知道，先不要告诉她，受不住的。姐的声音还在耳边游移，我仿佛看到一座高楼的坍塌。

我在爸做手术的前一天赶到天津。

爸从手术室被推到监护室。他瘦了很多，脸上的皮肤蜡黄，没有一点水分，下巴的胡须也怯生生地不敢生长。眼睛紧闭，像承受着巨大的疼痛和委屈。第一天，我们没有办法靠近他，在那个满是仪器的房间里，他像一艘搁浅的小船，孤零零地躺在那儿。偶尔护士进去，左一下右一下地看着仪器，只是不看爸的脸。一个生病的人，多希望有人靠近他啊，哪怕不说话。

第七天，爸被转移到看护病房，只能留下一个人陪护。大多数时候，哥和姐夫只能守在病房门口，或者在医院不同的走廊里徘徊，趁没人注意时偷偷溜进来一会儿。爸的身体上插了许多管子，粗粗细细、长长短短，或挂在铁吊杆上，或垂到地下。一个人的身体，血肉的身体，被锋利的刀切割开，挖走那恶魔一样的东西。那是怎样的疼？到现在我都无法想象。看着爸虚弱地躺在白色的床单上，觉得他像一个无辜而无助的孩子。过了一会儿，医生进来，让他吐痰。爸没有力气说话，只能微微地摇头。医生重手重脚地对待爸，逼着他一定要往外咳痰。然后掀开床单，让护士把爸翻到另一边，看他的伤口。这时，我才看到，刀口从左前胸一直开到后背。我忍不住泪水，替爸喊疼。医生回过头来，呵斥我："你受不了就出去，怕疼就别要命，要命就别怕疼。"我再不敢出声，只能眼巴巴地看着爸。可怜的爸，看着他在疼痛的海洋中挣扎，像个溺水的人，我却无能为力。

我不敢碰爸一下，不知道把手放在哪个位置，能让他舒服一点，也不知道该怎样轻手轻脚，才能帮他做好需要我做的事情。那时，我能做的，也只有不住地流泪，关也关不住，止也止不了。我趁着倒积液，或者尿液时，在卫生间嚎啕大哭。开着水龙头，我蹲在地上，眼泪就像自来水打开了龙头，没有办法关上。打扫卫生的妇人，在一旁劝，她说来这里的大多都是这样的病。想开点吧，不是你一家，泪水解决不了半点儿问题。但怎么想，还是想不通。

等到爸被医生允许吃点稀饭的时，我觉得精气神才回到了他身上。熬得稀烂的粥，没有一点菜，爸贪婪地吃，一勺又一勺。米，是庄稼人的命。爸吃到了米，就接通了地气，仿佛有了根基，拼命往下扎，爸这棵树就能数着年轮过日子。爸似乎也知道这一点，他配合医生做检查、吃药、咳嗽。咳嗽是术后康复的一项重要内容，能避免肺部的粘连。没有痰，他就干咳。每一次干咳都要震动肺腑，拉扯刀口，里面的伤口还没有愈合，疼得爸咬牙切齿，满头的汗珠子。疼到心烦气躁，他用愤恨的眼神看着我，看着哥。爸痛斥我们无能，他急着想把无助的火气撒出去。上帝像是无形的空气，爸不能拽着上帝发泄自己的委屈和怨愤。但是，我们多高兴啊，一个能发怒的爸，要比躺在病床上无声无息的爸生龙活虎得多。

早晨，我推着爸站在病房的窗前，看着天津灰蒙蒙的太阳。爸很安静，眼睛注视着朝阳，许久许久都不收回视线。他忧郁得像个诗人，伤感充溢在他残破的胸腔内，隐忍着不说，爸那样坚强。我握着他的手，说："过段时间，咱们就能回家了，咱家的太阳比这里的清亮。"爸说："不知道还能看多少次日出，扳着手指头能数过来了。"听完爸的话，心里泛酸，眼泪就收不住脚往外冲。有几次，他欲言又止的样子，脸上是探究的表情，看着我，不说话，似乎在等着什么。他是想问问我，到底这是怎样一个病。那么睿智的一个人，来天津之前就猜到了，但是也不说破。尽管自己知道情况不好，还是想求个彻底明白。所谓的想证实一下自己的猜测，其实是想留一个余地给自己的，希望比猜想的好一些，没有那么糟。但是，他又怕现实比猜想更残酷，所以，他忍住不问。我一直害怕爸问他的病情，暗地里琢磨过，假如爸问起，该如何对他撒谎。他终是选择了给自己留一点希望，又不难为我和哥姐。

日子一天天地过去。

春暖花开了，小院中白的梨花、粉的桃花争先恐后地绽放，爸却没有心情去看一眼，因为疼痛在折磨着他。右胸的癌细胞扩散成一个鼓包，突了出来。尽管术后放疗又化疗，但是都解决不了那个隐患——六个月前的手术没有成功。这一切似乎都注定了，上帝一定要收回父亲的生命，不可忤逆与违背。

爸的身旁放着妈的老式手表。疼痛来临，他咬着嘴唇，眉峰蹙起，右手捂着肺部的位置，一会儿侧躺，一会儿再翻过来。不到一分钟，又坐起来，前倾，膝盖支撑起整个上半身，左右摇晃。我感觉到他几乎是屏住了呼吸，然后长长地吸一口气，伴随着瓮声的呻吟。即便如此疼痛不堪，他也不曾忘记去看一下时间。我知道，爸是在盼着时间的流逝，盼着自己的疼痛能随时间的流逝而消失。尽管他十分清楚自己的时间是有限的，每一分一秒的消失，对于他来说，都是如此的昂贵与奢侈。

爸难得有一个不疼痛的日子，这样的日子对于他和我们来说，简直如同过节。牵着他的手去外面晒太阳。我和爸特别喜欢中午的这段时间。太阳一副吃饱喝足的样子，毫不吝啬地把阳光释放出来，暖意融融却不暴躁。细小的灰尘，在光线里散漫地飞。小孩的尖叫声在街道上窜来窜去，偶尔的狗吠划破宁静。柳树叶子绿得有些深沉，槐树羡慕柳树比它更早一步走进成熟。还有风，绵软的风用鹅毛的手掌，做一个慢动作。树枝不动，一些身体柔弱的树叶动了动身姿，转身又看了看四周岿然不动的同伴，有些害羞，马上噤声不动，用意志抵抗着风善意的挑逗。鸟来了，小小的麻雀在槐树丛中唤来唤去，像个聒噪的媒婆，可惜，它的巧嘴说不动叶子的飘落，它们铁了心，跟随着树枝迎接每个季节的考验。爸说，其实，在充足的阳光下，这是个尘埃遍布的世界啊，万物都在以自己的状态生存。爸用一句文学语言，说出他的感受，然后眯着眼睛坐在墙根，不再说话。我注视着爸奇怪的表情，觉得他很孤单。慌忙给他按摩、揉腿，想打破被这话凝固了的空气。

爸对我说："别忙了，歇会儿吧！依着我还有个头儿？"心头的刺，猛地跳出来，一下下狠命地扎。此时，我不敢看他的眼睛，怕泄露小心保守的秘密。我知道为爸做这些小事是有尽头的，不知道哪一天，为他做些什么的权利就不再属于我。

而那一天，真的来了。

端午节后的第二天，初夏的阳光正好，办公室窗外白色的木槿开得灿烂。微风拂过，那些花朵就轻轻摆动，一声深深的叹息从花丛间传来，那么熟悉，像爸。我顾不上和领导打声招呼，冲出办公室跑回家。

踏进家门时，二哥正在床上叫着爸。我从二哥怀里接过爸，看着他的脸，不知所措。爸的胃部急促起伏，呼吸越来越微弱，脸色苍白，额头沁出了一层虚汗。我喊着爸，想摇一下他的头，可是又怕妨碍他的呼吸。我的左胳膊支撑着爸的头，右手握着他干枯的手。过了一会儿，爸长长呼出一口气，然后睡去。而我却不敢呼吸，忍着心跳，想证明爸还有没有心跳和呼吸。

当我快要窒息时，猛然间尖叫一声，外面的人都进来了。探爸的鼻息，摸他的胸口，慌乱中为他穿衣服。我不说话，握着那渐渐凉起来的手。用食指指尖刺了爸一下，是骨头。我隔开一点距离，非常冷静地注视着他的脸——是虚无的苍黄，皮肤像遥远岁月的一张纸，被时光滤掉了所有的水分。整张脸像是假面，一点都不像我鲜活的爸。他没有意识，灵魂从微温的身体中起身而走。我知道，这次是真的了。爸，我再喊，他也不会回答我了。

外屋，一切都准备好了，瓜果、点心、供品，刚刚点燃的长明灯光亮微弱。它能够照亮爸走向另一个世界的路吗？我在努力地想象着另一个世界的样子。我想知道，这个给了我生命的男人，去的究竟是一个什么样的地方，那里好不好？如果不好，他又为什么要去呢？又是谁，一定要他离开我们？从我们的心头，硬生生地把他剜去？难以抑制的疼痛，使我绵软无力。我不知道具体该做些什么，怎么做，也没有人告诉我。

我只记得，那是一个美好的下午：节日的余温还在，孩子、老人、男人、女人、恋爱的情侣在阳光里欢笑、歌唱，说着缠绵的情话。院子里嫩绿的黄瓜顶着小黄花往上生长；开白花的瓠子纯情而优雅；西红柿看起来甜蜜幸福；疯狂的蔷薇爬满了墙，一朵花对另一朵花讲它的梦想……这是一个有颜色、温度、光亮、声音、气息的世界，它让我们疼、哭、笑、恨、爱。很多时候，我愿意忽略它的肮脏与猥琐，因为这是一个满天尘埃的地方，有我爱的人在。

而我的爸离开了——从一个世界走向另一个世界。一个人抛弃另一个人就是这么干脆吗？我的眼睛看不到他的去路，我以怎样的方式和怎样的温暖，才不会让他在黑暗中感到孤单与寒冷？在他生病的日子里，我甚至没有勇气和他坦诚地交谈，问问他是否害怕死亡。我无法想象他一个人，在一步步走向死亡的那些日子里，如何抗拒恐惧，遏制那种即将消失在这个世界的想象。我后来想，如果引导他说出来，和他一起坦然面对，比绝口不提一个"死"字，要好。

而后是一阵雨，一阵急雨，落了下来。我固执地说这是上帝为爸滴下的眼泪。晴好的天，突然间落了雨，上帝意识到自己做错了，是吗？一连几天，我都在持续的想和哭中度过。对门和隔壁人家饭菜的油烟味冲进来，让我感到恶心。我想，这些食物，爸再也吃不到了……

又一个白天急促地来。院子里的那些植物刚刚睡醒，叶子上还滚动着清凉的露珠。有生命的东西张扬着自己的浓绿，这是一个鲜活的、动感的世界，却再也没有了爸……高高的烟囱开始冒烟，一股黑色的浓烟冲出烟囱，直上九霄，继而在天空中变淡，融入其中。我想那就是我的爸。他走了，真的走了。那一刻，我竟然平静了下来，不哭，也不疼了。这样也是好的。我相信，爸去了天堂，并且就在高处俯视着我和我的生活。

一会儿，大哥抱了爸的骨灰出来——用红色的布匹包着。小小的布匹，怎么能够盛放我高大的父亲呢？而我的爸只剩下一抔骨灰。下车之后，我接过来抱着，骨灰还是温热的。我把爸贴在心口，和他说话："咱们回家了，爸，再走一次尘世的路。这一次，我抱你。"

图书在版编目（CIP）数据

遇见世上最好的爱/何风主编；《读者》图书部编
. — 西安：未来出版社, 2017.1
（因为爱系列）
ISBN 978-7-5417-5956-7

Ⅰ.①遇… Ⅱ.①何… ②读… Ⅲ.①散文集—中国
—当代 Ⅳ.① I267

中国版本图书馆 CIP 数据核字（2017）第 018980 号

因为爱系列

遇见世上最好的爱
YUJIAN SHISHANG ZUIHAO DE AI

何风 / 主编　　《读者》图书部 / 编

总 策 划：孟讲儒　李　进
执行策划：唐荣跃　柴　冕
责任编辑：胡舒依
装帧设计：许　歌　张　涛
内文绘图：雨孩子
封面绘图：雨孩子
发行总监：董晓明
营销宣传：薛少华　陈　欣
出版发行：陕西新华出版传媒集团　　未来出版社（西安市丰庆路 91 号　电话：029-84287959）
经　　销：全国新华书店
印　　刷：陕西安康天宝实业有限公司
开　　本：700 mm×1000 mm 1/16
印　　张：11　插页：10 码
版　　次：2017 年 3 月第 1 版
印　　次：2017 年 3 月第 1 次印刷
书　　号：ISBN 978-7-5417-5956-7
定　　价：22.80 元